KB010565

스마트소설
박인성
문학상

구멍

2014 수상
작품집

문학나무

스마트소설, 박인성문학상 취지문

스마트소설박인성문학상은 소설가 박인성의 작가세계를 기리는 계간 『문학나무』와 박인성기념사업회가 우리 시대의 뛰어난 스마트소설에게 주는 작품상이다.

소설가 박인성은 『파장금엔 안개』, 『호텔 티베트』, 『봄베이 봄베이』, 『이채영은 잘 있다』 등의 작품을 남겼다. 그는 평소에 "단편 하나를 읽고 나서도 단 5분이라도 '멍' 한 상태에 빠지면서 눈이 감겨지는 작품을 만나고 싶다" 고 말했다. 이 상은 그 바람을 스마트소설로 구현하고자 한다.

스마트소설이란 짧은 형식 안에 깊은 내용을 담으려는 픽션의 다른 이름이다. 『문학나무』는 손 안의 컴퓨터인 스마트폰을 겨냥하는 새로운 소설을 파종하여 품격 있는 차세대 문학의 지평을 열고, 작금의 범람하는 디지털문화와 넘쳐나는 매스미디어 홍수 속에, 신뢰 가능하며 유의미한 중심추가 되기를 희망한다.

계간 『문학나무』가 제안하는 스마트소설은 문학의 미래를 열어가는 전위가 될 것이다. 따라서 스마트폰에 들어가는 스마트소설은 첨단성을 갖는다. 분량이 짧고, 소통의 속도가 빠르고, 당대의 현실에 민감하다. 쌍방향 문화를 담보할 이 스마트소설의 질적 발양을 위해서 『문학나무』는 깊은 통찰과 실험적 기법, 명징성과 간결미가 담긴 새로운 문체를 갈구한다. 시대의 담론과 핵심 사안들을 정면으로 다룰 당대성 있는 작품을 갈구한다. 이는 치열한 작가정신을 갈구한다는 말에 다름 아니다.

스마트소설박인성문학상은 박인성기념사업회가 제정하고 계간 『문학나무』가 주관한다. 『문학나무』는 박인성문학상 작품집 발간과 더불어 우리 시대의 문학 범위를 넓히는 불꽃 역할을 다할 것이다.

목하(目下) 현대인들은 하나의 종교에 빠진 광신도들이 되어 가고 있다. 그들은 거의 매순간 똑같은 물건을 손에 쥐고 그것을 쳐다보고 또 쳐다본다. 일, 놀이, 인간관계 등이 모두 그 손안의 물건을 통해 이루어진다. 그 물건이란 다름 아닌 손바닥 컴퓨터라고 할 수 있는 스마트폰이다. 이 물건을 향한 숭배열은 나날이 뜨거워져, 누구도 부정할 수 없는 오늘날의 대세이다. 지하철에만 올라도 스마트폰이라는 새로운 물신에 경배를 바치지 않는 사람을 찾아보기란 너무나 힘든 일이 되었다.

지금 우리는 문명사적 변환의 시기에 처해 있다. 인쇄문화가 주류이던 시절은 지나가고 대중영상매체가 문화를 주도해 나가고 있다. 더군다나 SNS(Social Network Service) 시대에 각 개인은 각자가 정보의 공급처이자 수신처가 되어 가는 놀라운 일이 벌어지게 되었다. 몇 개의 버튼만 눌러도 우리는 수많은 사람들과 즉시 소통할 수 있는 것이다. 이전과는 상상할 수도 없는 속도로 정보가 생산되고, 또 그만큼이나 놀라운 속도로 그

정보는 폐기될 운명에 처한다. 이러한 문화적 환경은 고독이나 느림 혹은 내면을 본질로 하는 문학에 대해서는 적대적인 성격을 지닐 수밖에 없다. 문학이 점차 문화의 변두리로 밀려나고 힘을 잃어가는 것 역시 이러한 문명사적 변환과 무관하지 않다.

달라진 문화적 환경을 맞이하여 생각할 수 있는 문학의 미래는 크게 두 가지이다. 첫 번째는 문학만이 수행할 수 있는 그 고유한 권능을 수호하는 태도이다. 한때 많은 이들에게 사랑받았지만 오늘날은 소수의 독자에게만 뜨거운 사랑을 받는 클래식 음악처럼, 문학 역시 문학을 통해서만 가능한 힘을 고독하게 사수하면서 그 영예로웠던 시절의 유산을 견지하는 것이다. 이것은 아름다운 퇴각을 전제로 한 태도라 할 수 있다. 두 번째는 좀 더 공세적인 태도로 달라진 전자 환경 시대에 어울리는 방향으로 문학을 변화시키는 일이다. 이를 통해 기존의 문학이 지닌 권능의 일부를 양보하는 대신 새로운 문학적 가능성을 확보하는 것이 가능할 것이다. 스마트소설이란 바로 후자의 입장에서 문학의 미래를 더듬어 보는 방법이라고 할 수 있다.

스마트소설은 오늘날 현대인들의 눈과 귀를 사로잡고 있는 스마트폰과 소설의 결합을 시도하는 새로운 변환의 문학 장르라고 할 수 있다. 온갖 것들이 스마트폰이라는 마술상자와 결합되는 이 시절에 소설만이 결합하지 못할 것이라고 생각하는 것은 그리 타당해 보이지 않는다. 물론 스마트폰과 소설의 결합은 의지만으로 이루어지지는 않는다. 스마트폰은 스마트폰대로 소설은 소설대로 지닌 고유한 성격이 있기 때문이다.

둘의 만남을 위한 조건으로 생각해 볼 수 있는 것은 크게 세 가지이다. 우선 고려해야 할 점은 적절한 분량이다. 스마트폰의 화면은 컴퓨터 화면보다 훨씬 작다. 또한 스마트폰을 통해 긴 분량의 문자를 접하고자 하는 사람은 많지 않을 것이다. 따라서 스마트소설은 독자가 짧은 시간에 완독이 가능한 분량이 적당하다. 원고지 10매 내외, 길어야 30매 이내의 분량으로 압축되어 있을 때, 인쇄된 소설을 접하던 독자들보다는 훨씬 짧아진 호흡을 지닌 독자들의 구미를 맞출 수 있을 것이다.

두 번째로 스마트소설은 무엇보다 압축미와 간결미를 지녀야 한다. 잘 만들어진 광고 카피가 수천 마디의 말보다도 더한 힘을 발휘하듯이, 스마트폰에 들어간 소설은 짧은 분량 안에 문학이 지닌 통찰과 혜안을 담아내야 할 것이다. 이를 위해서는 각종 실험적인 기법이 총동원될 수밖에 없다. 또한 압축미와 간결미를 위해서는 문체상의 혁신도 이루어질 수밖에 없다.

마지막으로는 강렬한 시사성을 지녀야 한다는 점이다. 본

래 문학은 현실에 대응하는 속도가 그다지 빠르지 않다. 창작에 있어서나 수용에 있어서나 문학의 속도는 여타의 문화매체보다 느리다. 그 느림을 통하여 문학은 훨씬 깊고 넓게 세상을 바라볼 수 있었던 것이다. 그러나 스마트폰을 이용하는 사람들은 기본적으로 빠른 소통을 원한다. 따라서 이들과의 만남을 위해서라면 문학적 통찰의 일부를 잃더라도 당대 현실에 좀 더 신속하게 반응할 필요가 있다. 당대의 핵심적인 시사문제에 대하여 스마트소설은 적극적인 자세로 반응할 필요가 있는 것이다. 이럴 때만이 거의 실시간으로 정보의 소통이 이루어지는 SNS 시대에 문학은 소통의 양적 측면을 확보할 수 있을 것이라 생각한다.

그럼에도 끝내 포기할 수 없는 것은 문학적 품격이다. 스마트소설의 방점은 결코 '스마트'에만 찍혀서는 안 된다. 스마트에 찍어진 방점은 똑같은 힘과 농도로 '소설' 위에도 찍어져야 한다. 그럴 때만이 산토끼를 쫓으려다가 집토끼마저 잃는 어리석음을 피할 수 있을 것이다. 스마트소설은 이제 첫발을 떼었다. 여기 수록된 27편의 작품들은 스마트소설의 미래가 결코 어둡지 않음을 증거하는 사례들로 부족함이 없다. 스마트소설이 문학의 미래를 열어가는 하나의 전위가 되기를 진심으로 기원해 본다.

차 례

심사평

제2회 스마트소설박인성문학상의 후보작품은 총 25편이었다. 인물에 대해 쓸 것을 조건으로 내세웠던 1회 스마트소설박인성문학상과는 달리 2회에서는 자유롭게 주제를 정해 쓰도록 하였다. 그 결과 다양한 색깔의 스마트소설을 만날 수 있어 심사자로서는 큰 행복을 느꼈다. 각자의 고유한 개성으로 빛나는 작품들 중에서 본심에 오른 작품은 양진채의 「구멍」, 채영신의 「맛있게 먹어요 2」, 김엄지의 「어두움과 비」, 김정묘의 「지금산에 사는 담쟁이」 네 편이었다.

김정묘의 「지금산에 사는 담쟁이」는 무엇보다도 주제의식으로 빛나는 작품이다. 담쟁이가 가지고 있는 의미의 폭이 매우 넓었으며, 특히나 지금의 시대에 우리에게 전해주는 메시지의 가치가 돋보였다. 스마트소설에 걸맞는 압축미가 돋보이는 작품이었다. 한 가지 안타까운 점은 너무나 강렬한 주제의식이 오히려 문학적 감동의 폭을 감소시키고 있다는 점이다.

김엄지의 「어두움과 비」는 신인의 발랄한 감수성이 톡톡 튀는 작품이었다. 재치와 위트만으로도 한 편의 작품이 될 수 있다는 경이를 지켜보는 일은 무척이나 홍미로운 일이었다.

스마트소설이 나아가야 할 한 가지 방향을 제시하는 것임에는 분명하다. 그러나 마지막까지 문학이란 삶에 대한 진지함이어야 한다는 기본적인 생각을 떨쳐 버릴 수는 없었다. 앞으로의 미래가 크게 기대되는 작품이고, 작가이다.

채영신의 「맛있게 먹어요 2」는 한 폭의 따뜻한 정물화를 바라보는 기분을 주는 느낌의 자품이다. 크리스마스 이브를 배경으로 하여 비루한 현실과 달콤한 환상을 맛 좋은 비율로 섞어 놓은 솜씨가 볼 만했다. 또한 삶을 바라보는 넉넉하고 품위 있는 시선 역시 최근 소설에서 찾기 힘든 감동을 주었다. 허나 단편을 약간 짧게 쓴 듯한 느낌을 주었는데, 스마트소설 특유의 간결한 압축미가 읽는 내내 아쉬웠다.

당선작인 양진채의 「구멍」은 그야말로 예술품이었다. 허름한 방에 뚫려 있는 무수한 구멍과 거기에 간신히 박혀 있는 못들을 통해 우리 삶의 근원적 허무함과 그로 인해 역설적으로 환기되는 삶의 존엄함에 대하여 사유하게 하는 소설이다. 한 땀 한 땀 새겨 나가는 문장의 촘촘함과 많은 의미를 요령 있게 담아 나가는 이미지의 참신함도 매력적이었다. 스마트소설이 결코 짧은 단편이거나 재치 문답이 아니라 어엿한 문학의 한 장르가 될 수 있음을 보여주는 사례라고 생각되기에 제2회 스마트소설박인성문학상 수상작으로 선정한다.

심사위원 | 정현기 이경재 주수자

수상소감

국화꽃이 가라앉는 시간이다. 꽃이 뜨거운 물에 제 빛을 녹여내는 동안 꽃말이 떠오르길 기다렸다.

스마트소설 청탁을 받고 나는 이 짧은 소설이 단편이나 장편소설과는 어떻게 달라야 하는가 고민했다. 짧으면서 짧지 않고, 가벼우면서 가볍지 않은 소설이어야 한다는 당위성 말고 또 다른 무언가가 있을 법했다. 그것이 내게는 한 장면 쓰기였다. 스마트소설이야말로 한 장면을 통해 전체를 얘기할 수 있는 아주 유용한 틀이라는 생각이었다. 스마트소설을 쓰는 동안, 그동안의 소설 쓰기에서는 접해보지 못했던 어떤 희열을 느꼈다. 스마트폰 시대에 맞는 스마트소설이라는 외부적 필요성이 아니라 내적 충동 같은 것이었다. 그러나 그것이 스마트소설박인성문학상에 육박하고 있는지는 모를 일이다. 박인성 문학이 보여주었던 문체미학과 낯설게 하기를 이어가려 했던 점만은 분명하게 있었다.

상을 받는 일은 즐겁지만 아픔과 무게 또한 만만치 않다는 걸 잘 알고 있다. 등단 이후 첫 상이라는 점에서, 앞으로 더 발전해나갈 수밖에 없는 스마트소설에서 받았다는 점에서 이 상의 의미가 크다. 다시 한 번 내 소설 쓰기를 돌아볼 수 있게 해주신 심사위원님께 깊이 고개 숙인다.

국화향이 노랗게 우러났다.

수상자 | **양진채**

수 상 자
양 진 채
당 선 작

구멍

문을 열었을 때 제일 먼저 눈에 들어온 것은 벽에 걸린 후줄근한 점퍼였다. 방 안에 물건이라고는 방구석에 놓인 옷가지를 담은 것으로 보이는 검은 천가방이 전부였으니 어쩌면 벽에 걸린 옷에 눈길이 간 것은 당연했다. 큰 주머니가 여러 개 달린 사파리 형태의 점퍼였다. 위로 휘어진 못 때문인지 점퍼는 누군가에게 덜미가 잡힌 추레한 사내 같았다. 연한 살구색 바탕에 붉은 동백꽃이 커다랗게 그려진 벽지가 점퍼를 더 낡아보이게 했다.

점퍼 덜미를 잡아 겉과 안주머니를 뒤졌다. 지렁이 5000원이라고 쓰인 구겨진 영수증 한 장이 전부였다. 상호명이 '푸른바다낚시'로 되어 있었다. 낚시꾼들이 이 동네로 진입하기 전에 들리는 민박을 겸하고 있는 낚시용품 전문점이었다. 사내가 할 일 없이 망둥이 낚시를 다녔다는 슈퍼마켓 여자의 말이 떠올랐다. 망둥이 미끼용으로 산 지렁이인 모양이었다. 나도 한때 가을이면 망둥이 낚시를 꽤 다녔다. 잡을 게 없어서 망둥이를 잡느냐는 꾼들도 많았지만 개의치 않았다. 손맛 좋고, 꽝치는 일 없고, 비용도 저렴하고, 장비나 미끼가 까다롭지 않고, 특별한 기술이 필요한 것도 아니니 망둥이 낚시만큼 만만한 낚시도 없었다. 만조가 될 때까지 30짜리 봉돌을 던져놓으면 시간 죽이기 그만이었다.

점퍼를 걸치고 있던 것은 대못이었다. 요즘도 이런 못을 벽에 박아서 옷을 거나 싶게 10센티는 족히 될 듯한 못이었다. 드릴로 박은 것이 아니라 망치로 박은 못이었다. 새삼스럽게 못을 바라보았다. 못은 중간쯤에서 위로 휘어져 있었다. 박다가 구부러진 것이 아니라 일부러 위로 휜 것 같은 느낌이었다. 담배를 한 대 물었다. 못은 벽지에 그려진 동백꽃을 찌르기라도 하듯 꽃 한가운데 박혀 있었다. 담배를 지그시 물고 동백과 못을 바라보았다. 담배연기가 동백에 닿았다. 누구의 그림이었더라. 여자의 거대한 성기를 향해 다이빙하듯 떨어지는 사내를 그려놓은 그림이. 털이 수북한 여성의 성기를 향해 거꾸로 뛰어 내리는 아주 작고 비쩍 마른 사내는 그대로 떨어진다면 성기 안으로 흔적도 없이 파묻힐 거였다. 화가는 회귀, 존재의 근원 같은 것을 묻고 있었는지 모르지만 퍽이나 외설스럽게 느껴지는 그림이었다. 아무도 없는 주위를 괜히 둘러보았다. 벽에 박힌 못을 보고 그런 외설적인 그림이나 떠올리다니 아직 술이 덜 깬 모양이었다.

나는 또 괜스레 못 머리를 만져보았다. 문득 망치가 닿는 부분이 못 머리라면 벽에 박힌 부분은 무엇이라 불러야 하나 궁금했다. 몸통인가, 꼬리인가. 못 몸통, 못 꼬리. 어느 말도 입에 붙지 않았다. 못 몸통, 못 꼬리. 그러고 보니 못이 박힌 모양이 미늘에 아가미가 꿰어 낚싯줄에 걸려나오는 망둥이처럼 보이기도 했다.

다이빙하는 남자니, 망둥이니 다 쓸 데 없는 공상이었다. 물론 쓸 데 없는 공상이 오히려 도움이 된 적도 적지 않았다. 어쩌면 직장에서 아직까지 잘리지 않은 것도 다 이 쓰잘 데 없는 공상 덕분인지도 몰랐다. 물론 공상이 과학하고 맞아떨어질 때 얘기였다. 사실 뭔가 있을 거라는 기대를 하고 방에 들어온 것은 아니었다. 뜨내기들이 이 마을에 들어왔다가 사라지는 일은 종종 있었다.

이 방이 처음은 아니었다. 생각해보니 그때도 벽에 못이 박혀 있었고, 점퍼가 걸려 있었다. 문을 열자마자 못이 박힌 벽에 눈길이 갔던 것은 어떤 기시감 때문이었는지도 모르겠다. 백중사리에 사라진 사내는 실종 삼 일 만에 촛대바위 근처에서 발견되었다. 물고기들이 구멍이란 구멍은 다 파고들어서 시신은 형편없이 망가져 있었다.

동백에 박힌 못을 바라보았다. 못 머리를 잡고 흔들어 보았다. 꼭 뽑을 생각이 있었던 것은 아니었다. 대못이니 쉽사리

뽑힐 리도 없다고 생각했다. 예상과 달리 몇 번 흔들자 스스스 벽돌가루가 떨어지며 못 몸통인지 꼬리인지가 빠졌다. 단단한 벽에 박혀 웬만한 흔들림에는 꿈쩍도 하지 않을 줄 알았던 못이 쉽사리 빠지자, 미늘에 아가미가 꿰어 꼼짝 못하고 끌려 나오는 망둥이 심정이라도 된 기분이었다. 못을 들고 구멍을 들여다보았다. 어떤 기시감이 나를 사로잡았다. 빼낸 못을 들고 벽 여기저기를 찔러보았다. 어느 순간 못이 벽을 뚫고 들어갔다. 지금 나 있는 못 자국보다 더 아래에 난 구멍이었다. 백중사리에 실종된 사내가 옷을 걸던 못이 박혀 있던 곳이었다. 그 사내는 키가 작았다. 슈퍼마켓 여자 말로는 중학생 여자아이 키만 했다고 했다. 사내의 마지막이 떠올라 고개를 흔들었다.

내 기억이 맞는다면 이 벽에는 몇 개의 구멍이 더 있을 거였다. 이 방에서 살다간 이들의 흔적이었다. 벽지를 뜯어내보면 그 구멍들이 보일 거였다. 그렇다고 벽지를 뜯을 생각은 없었다. 나는 창틀에 담배를 비벼 끄고 다시 담배에 불을 붙였다. 두 개의 구멍을 살펴보았다. 못이 뚫고 들어간 자리이니 그 구멍이 그 구멍일 거였다. 그래도 나는 그 구멍이 뭔가 다르지 않을까 싶어서 유심히 들여다보았다. 그렇게 들여다보고 있자니 깊지 않은 구멍이 블랙홀처럼 깊다는 생각이 들었다.

방 안을 둘러보았다. 망치 같은 것이 방 안에 있을 리 없었다. 사내 가방을 뒤져보았다. 속옷, 양말, 셔츠와 바지 한 벌이 전부였다. 왜 벽에다 못을 박고 싶은 생각이 들었는지 알 수 없었다. 그 생각이 들자 갑자기 절박한 심정이 되면서 꼭 이 벽에 못을 박고 싶어졌다. 실종 신고를 받고 조사 나와서 이제 무슨 짓인가 싶었다. 이리저리 둘러보던 나는 결국 구두 한 짝을 벗어들었다. 못 자국이 있던 자리에서 한 뼘 정도 오른쪽으로 옮겨 벽에 못을 댔다. 구두 뒷굽으로 못 머리를 힘껏 내리쳤다. 텅. 다시 한 번 내리쳤다. 텅. 방 안을 울리는 소리만 요란할 뿐 못이 벽을 뚫고 들어갈 기세는 보이지 않았다. 사실 망치가 있다 해도 이 구부러진 못으로는 아무것도 뚫고 들어가지 못할 거였다. 그것을 모르지 않았다. 다시 몇 번을 더 내리쳤다. 겨우 벽지를 뚫은 못은 벽에 생채기를 남기는 것으로 그만이었다. 타들어 가던 담뱃재가 바닥에 떨어졌다. 필터 가까이 타들어간 담배의 마지막 한 모금을 깊게 빨아들인 후 내뱉었다. 동백도 구멍도 연기에 가려 흐려졌다.

양진채

1966년 인천 출생. 2008년 『조선일보』 신춘문예에 단편소설 「나스카 라인」으로 등단. 단편집 『푸른 유리 심장』 발간.

수상자
양진채
신작

노콘*

no-control

파랑이에요, 초록이 아니고 파랑이라니까요. 그린이 아니라 블루라구요, 블루. 에이 참. 아니 파랑이라니까 같은 말을 몇 번 하게 해요. 그래요, 파랑. 아니, 블루. 아니 그랑 블루. 그건 영화라구요? 아니 그럼 그린 키위. 초록이라니까요. 아니 아니, 파랑. 아, 이젠 나까지 헷갈리네. 암튼 초록입니다. 아니, 파랑입니다. 꼭 그걸로 갖다 주셔야 해요. 품절인 게 어딨어요. 제가 주문한 건 초록인데, 아니 파랑인데 품절이라고 마음대로 바꿔가지고 오면 어떻게 해요.

이번에 정차할 역은 음파, 음파역입니다. AM 방면이나 FM 방면으로 가실 승객께서는 U턴하는 신9호선으로 갈아타시길 바랍니다.

그 색으로 갈아타면 안 되냐니요. 이 아저씨가 지금 장난하나. 그게 뭐 전철이라도 됩니까? 갈아타게. 원래 주문했던 색으로 주세요. 저는 절대 안 갈아타요. 꼭 초록, 아니 파랑으로 갖다 주세요. 무조건입니다. 절대 갈아타는 거 없습니다.

네, 교수님, 가고 있습니다. 곧 도착할 거에요. 네네, 말씀하신 대로. 네네.

어머니 삼천만 원 입금했어요? 아직이요? 지금 만나 뵈러 가는데 아직도 입금을 안 하면 어떻게 해요. 죄송해요, 어머니. 이번 일만 잘 마무리 되면 두 발 뻗고 주무시게 할게요. 그러니 제발 꼭 좀 부탁드려요. 제 목숨줄이에요.

나 어제 삼각김밥 먹다 죽는 줄 알았잖아. 완전 유통기한 한 시간 남은 걸 팔았더라고. 먹자마자 화장실 가서 토했잖아. 차라리 달콤하고 부드러운 푸딩이나 사먹을 걸. 그건 너무 작고 비싸. 달콤하고 싶지만 어쩔 수 없이 한 개 남은 불낙지 삼각김밥을 먹은 거지. 완전 매운 거야. 그럴 줄 알았으면 딴 데 가서 숯불갈비맛 삼각김밥을 사먹을 걸. 우유를 덤으로 주길래 얼른 샀더니 완전 쫙쫙 쐈어. 밤새 울고 싶었잖아.

울지마, 아가야. 뚝해. 사치스러운 눈물은 흘리지 말렴. 대신 사탕을 줄게. 이 세상에서 가장 쓴 사탕이야. 아니, 쓴맛 나는 사탕이야. 일찍부터 쓴맛을 알아야 살아갈 힘이 생기지 않겠니. 이 세상은 도처가 지옥이야.

예수 천국 불신 지옥. 주 예수를 믿으라. 그리하면 너와 네 집이 구원을 얻으리라. 하나님께서는 죄 많은 여러분을 사랑하십니다. 회개하십시오. 천국이 열릴 날이 가까이 왔습니다. 예수 천국 불신 지옥.

저 인간들 없는 지옥이 더 나을 거 같아. 완전 시끄러워. 짜증 나. 목소리는 또 왜 이렇게 큰 거야. 귀를 막아도 들리네.

왼쪽 귀를 잃어버리신 승객께서는 섹시하게 오른쪽 귀를 벌리시고 이번 역에서 내리셔서 8호선으로 갈아타시길 바랍니다. 다음 역은 20Hz와 20000Hz 사이를 건너야 하는 불편이 있습니다. 문이 닫힐 때 무리하게 승차하시면 주문하신 팝콘 대신 한 번도 펼쳐보지 않을 책이 배달되는 사고가 발생할 수 있습니다. 열차가 출발할 때는 한 걸음 물러나 앞사람의 뒤꿈치에 귀 기울여 주십시요.

내 주를 가까이 하게 함은 십자가 짐 같은 고생이나 내 일생 소원은 늘 찬송하면서 주께 더 나가기 원합니다. 내 고생하는 것 야곱이 돌베개 베고 잠 같습니다. 꿈에도 소원이 늘 찬송하면서 주께 더 나가기 원합니다. 에고, 나무아비타불

오백 원짜리 있어? 저기 바구니에 넣으려고. 그래도. 앞 못 보는 장님인데 불쌍하잖아. 이런 드러운 세상 보느니 차라리 못 보는 게 편할지도 몰라. 아이, 자꾸 피어싱이 걸리적거려. 그렇다고 뺄 순 없지. 이게 나를 간지 나게 해주거든. 이 정도는 해야 사람들이 내가 루이뷔똥 짝퉁을 들어도 짝뚱이라 생각 안 하거든.

아니, 애기 엄마, 좀 전에는 어린애한테 사탕을 물리더니 이제는 또 소젖을 주네. 소젖을 주지 말고 엄마젖을 줘요. 봐요,

젖이 탱탱 불어 댁 가슴을 적시고 있잖아요. 소젖은 송아지한테 먹이는 거지 인간한테 먹이는 게 아니요. 인간들이 왜 사나와지는 줄 알아? 다 다른 동물이 먹어야 할 것들을 인간 말종들이 먹어치워서 그런 거요. 뭘 알아야 말이지. 꺼윽.

저 아찌 술냄새.

뭐? 너한테선 시취가 난다. 우욱, 토할 거 같애.

이 새끼는 꼭 술 취했을 때만 전화를 하네. 코에 뚫은 피어싱 가지고 존나 뭐라는 거야. 입술에 뚫을 땐 섹시하다고 발광을 하더니. 열 받아서 완전 죽는 줄 알았어. 그래도 좋은 걸 어떡해. 그 새끼와 조금이라도 멀어지는 건 참을 수가 없어.

이 역은 전동차와 승강장 사이가 넓습니다. 싱싱한 말(言)들이 빠질 우려가 있으니 조심하시길 바랍니다.

조심하세요! 이 아저씨가 대낮부터 어딜 만지는 거에욧?

저녁에 만지면 괜찮은 거우?

전동차 내에 긴급 상황 발생 시에는 객실 통로 문 왼쪽 위에 있는 비상인터폰을 눌러 기관사와 통화를 한 다음, 출입문 쪽 의자 옆의 아래쪽에 있는 뚜껑을 열어 비상 코크를 잡아당기시고, 손으로 출입문을 열어 신속하게 대피해 주시길 바랍니다. 남을 이해했다는 말은 버려주시되 자신의 생각이 상대방에게 통하지 않는다고 좌절하지는 말아주시길 바랍니다. 자신만이 유일한 선이고 자신이 주장하는 것만이 옳으며 진리라고 주장하는 세력들이 이 세상엔 가득합니다.

초록이냐 파랑이냐, 그린이냐 블루냐가 중요한 게 아니라고요? 그거야 아저씨 생각이고, 무조건 파랑으로 달라니까요. 빨강은 어떠냐니, 이 아저씨가 정말! 누굴 좌빨로 몰 일 있습니까? 무조건 초록, 아니 블루, 아니 파랑으로 주세요. 자꾸 이딴 식으로 나오면 소비자보호원에 고발하겠어요. 사람들이 꼭 말로 하면 안 들어.

네네, 교수님. 걱정 마세요. 틀림없습니다. 네, 이 은혜 잊지 않겠습니다. 매운 파랑도 챙겨가고 있습니다. 그래도 술자리엔 이게 있어야죠. 네네, 곧 갑니다.

이번 역은 우리 열차의 마지막 종착역입니다. 신세계 몰로 가실 고객께서는 이번 역에 내리셔서 7번 출구로 나가시기 바랍니다. 신세계 몰에서는 나랏말쓰미 폭탄 세일 중으로 언제든지 마음에 드는 스믈여듧子 룰 저렴한 가격에 사실 수 있습니다. 이번 세일 기간을 절대 놓치지 마십시오. 내리실 분은 왼쪽입니다. 두고 내리는 채널은 없는지 한 번 더 확인하시길 바랍니다. 오늘도 우리 철도를 이용해주셔서 고맙습니다.

*주파수가 겹치면 혼선이 발생하여 둘 다 조종이 안 되거나, 또는 더 좋은 조종기를 사용하는 사람만 살아남는 결과가 생기는 현상으로 노 컨트롤(No control) 현상이라고 하고 흔히 노 콘이라고 부른다.

후 보 작

곽 정 효

스마트소설

곰팡이

자유다!!

김득수 가를로는 방을 나서는 빈센트 권의 표정에서 한 줄기 환한 빛을 놓치지 않았다. 방 안의 분위기가 무거워 안 될 일인가 싶었는데…….

"저들과 함께 가라 하시네. 하지만 장 만드는 일은 거들어 주고 가게……."

집사가 어깨를 툭 치며 말했다.

다이묘 중에 기리스탄이 몇 명 있었다. 그중 베드로는 특히 신심이 깊었다. 사제들이 심각한 인권문제라고 지적하며 노예를 풀어주도록 설득하고 다녔지만 기리스탄 다이묘들은 선뜻 받아들이지 않았다. 실행에 옮기는 것은 베드로가 처음이었다.

임진왜란 때 잡혀와 노예가 된 사람이 하나 둘이던가. 김득수 가를로는 열두 번째로 자유를 얻었다. 베드로가 대가는 바라지 않는다며 사양했지만 빈센트 권은 돌쇠 할아범의 검을 꼭 건네주고야 돌아섰다.

"칼 만드는 일이 제게는 신명나는 일이 분명합지요. 그러나 임진년에도 보았고 정유년에도 보았지요. 함부로 휘두르는 칼이 얼마나 무서운지. 칼은 그때 죄 없는 피로 물들었고 하늘은 무너졌지요. 이제 다시는 칼을 만들지 못합니다. 그러니 저더러 칼 만들라는 말씀만은 마십시오."

주변에서 아무리 권해도 돌쇠 할아범은 고개를 저어댔다. 지금 왜에 끌려온 우리 조선인들이 얼마나 비참한지, 특히 노예로 팔린 사람들의 자유를 사는 일이 얼마나 절실한지 모를 리 없었다. 할아범이 칼을 만든다면 도자기 못지않게 도움이 될 것이라는 눈빛들은 끈질기고 간절하게 그를 몰아세웠다.

눈물겨운 돈들이 모여 자유를 사는데 보탰다. 한두 사람씩 자유를 찾아나가는 모습을 보면 기쁨보다 안타까움이 더해갔다. 한 사람이라도 더, 라는 목표로 모금 운동에 온 힘을 쏟고 있는 중이었다.

낯선 나라……. 바닥은 참담하였다. 기리스탄 공동체를 이루면서 꿈이 생겼다. 풀 한 포기만도 못한 처지라고 주저앉았던 사람들이 꿈을 꾸기 시작하였다.

모레혼이 말했다. 도요토미 히데요시라는 사람의 욕망이 많은 사람들을 고통 속으로 몰아넣었지만 끌려온 조선인들에게는 하느님의 오묘하신 신비가 내렸다고.

모레혼이 기리스탄들을 상대로 노예를 해방하라고 설득하고 다니다 쓰러졌다. 병석에서도 찾아온 기리스탄들의 손을 놓지 않고 당부했다. 간곡하게.

할아범이 고집을 꺾고 칼을 만들기 시작한 것은 그 무렵이었다. 그의 칼은 도자기 못지않은 위력을 발휘했다. 그의 명검에 다이묘들의 관심이 쏠렸다. 과연, 소리가 여기저기서 터져 나왔다.

깁득수 가를로를 위해 베드로에게 건넨 건 왜에서 만든 첫 번째 작품이었다.

가를로는 자신도 할 일이 있었으면 싶었다. 그러나 장 만드는 일 외에는 할 줄 아는 것이 없었다. 그건 조선인이라면 누구나 할 줄 아는 일이었다. 돌쇠 할아범이라도 도우려 했지만 쉽지 않았다. 달군 쇠를 내리치는 일도 보기와는 딴판이었다. 몸 곳곳에 화상만 늘어났다.

집사가 찾아온 것은 또 하나의 기적이었다.

"장은 역시 자네 것이 제일이라시지 뭔가. 자네도 알다시피 야마다 상이 장 공장을 크게 짓지 않았나? 그가 그동안 집에서 간장을 만들어왔기 때문에 시설이 아깝다는 거지. 어른 말씀은……."

"그럼, 그 말씀은?"

장을 공급해 주는 조건으로 장 공장으로 쓰던 집을 맡기고 싶다는 말에 빈센트 권의 눈도 반짝였다. 지금 형편에 영양공급원으로 장보다 좋은 것이 없다는 것은 누구나 알고 있었다.

"김 상이 맛을 낼 줄 아는 사람이니 그곳에서 장을 만들어 보면 어떻겠느냐고 하시네. 집이 워낙 누추하고 오래된 집이라 뭐 크게 좋아할 일은 못 되네만 그래도 내 집처럼 살 수 있으니까……."

나도 조선인들을 위해 뭔가 보탤 수 있게 해 달라고 기도해 온 것이 드디어 응답을 받은 걸까? 아, 장 공장이라니! 집사는 이사 나가고 나서 보니 곳곳에 곰팡이가 피고 딱 귀신 꼴이더라고 말했지만 감사 기도가 절로 나왔다.

빈센트 권은 가르로를 풀어 줄 때 명검을 받은 대가인 것 같다고 말했다.

야마다 상의 장 공장은 말이 공장이지 조금 큰 가정집 수준이었다. 그래도 장을 만들어 팔아 삼대가 살았다. 대개는 직접 장을 만들어 먹었으므로 수요가 많지 않았다. 이제 시대가 변했다. 장을 직접 만들어 먹는 사람이 줄고 있었다. 전문가가 대량으로 만들어 팔아야 하는 시대가 왔다.

장 공장이 조선인들의 자유를 사는데 도움을 줄 수 있게 된 것은 무엇보다 큰 기쁨이었다. 조선인이라면 누구나 와서 된장과 간장을 사갔다. 베드로가 인정하는 장맛이라는 소문 때문일까? 찾아오는 왜인들이 꾸준히 늘었다.

언제부턴가 손님 중에 왜인들이 더 많아졌다. 조선인들은 이익과 상관없이 후하게 주었는데도 발길이 뜸해졌다.

"달랑 된장 하나, 간장 한 종지로 끼니를 해결하는 처지에 그것도 형편이 안 되어 못 오는 게지……."

"어려운 것도 어려운 거지만 자네 장맛이 왜인들 사이에 평이 좋아. 그래서 가능하면 왜인들에게 많이 팔아서 돈을 살 수 있도록 하자는 소리들이 있어. 우리야 맛이야 있든 없든 되는 대로 조금씩 만들어 먹자는 거지."

할아범의 말에 김득수 가를로는 어깨가 무거워지는 느낌이면서도 힘이 솟았다. 가슴속에 뿌듯하게 차오르는 것이 있었다.

"지난번 장맛은 좀 색다르던데 무슨 비법이라도 있는 것인가?"

베드로가 특히 감탄하더라는 말을 전하며 집사가 물었다. 가지와 오이를 절여 물기를 뺀 다음 곡물과 함께 발효시켜 얻은 간장을 말하는 것이었다. 절임채소를 써도 물기가 생겼다. 하얀 곰팡이 밑에 고이는 것, 맛이 절묘했다. 재료와 시간에 따라 맛이 달랐다. 여러 번의 시행착오 끝에 가장 좋은 맛을 찾아낼 수 있었다. 평소에는 곡물로 대두와 밀을 섞어 썼다. 베드로가 특히 맛이 좋다고 한 간장은 콩과 쌀에 보리를 섞어 발효시킨 것이었다. 김득수 가를로는 다양한 맛을 위해 절임 채소의 종류도 다양하게 응용하는 중이었다.

"비법요? 굳이 비법이라면 잘 삭고 잘 썩는 것이지요. 어머니께서 하시던 방법을 조금 응용하는 것이구요."

콩이 잘 발효될 수 있도록 온도를 지켜주기 위해 공을 들이는 어머니가 답답해 보였었다. 썩은 내 나는 이런 걸 왜 하느냐고? 기다리면 맛있는 장을 먹을 수 있단다. 냄새가 고약하다고 투덜거리는 형제들을 어머니는 나직나직 다독였다. 어머니가 기다린 것은 결국 잘 썩는 것이었다. 이제 가를로는 냄새로, 손끝으로 느낄 수 있었다. 탈바꿈의 시간이 지나 콩에서 나오는 실, 콩에서 콩 이상의 맛을 이끌어내는 것들이 콩을 감싸는 것을…….

보리에서 나오는 보리보다 깊은 맛, 쌀에서 나오는 쌀보다 좋은 향, 콩에서 나와 사람을 이롭게 하는 균사……. 어머니가 지키고 전해준 신비였다.

"자네가 만든 간장은 식재료 고유의 맛을 살리고 깊은 맛을 낸다고 하시네. 손님으로 오신 다이묘들도 같은 말을 하더란 말이지."

"장은 기다림과 정성이지요."

갈수록 맛이 좋아지고 다양해지고 있기는 했지만 가마솥에 나무장작을 사용해서 끓이는 깊은 장맛의 근본은 어머니의 것이 아니던가. 기분이 묘했다. 어머니의 맛을 왜인들이 인정해 주고 팔아 주다니……. 감사할 일이었으나 어쩐지 씁쓸했다. 돌쇠 영감이 칼을 만들지 않겠다고 고집을 부렸던 이유를 조금은 알 것도 같았다.

주문이 계속 늘었다. 대량생산에 들어간 야마다 상네 장 공장이 어렵다는 말이 들렸다.

"먹을 것을 공장에서 만들어 낸다는 것 자체가 말이 안 되지."

"아무렴, 장이라는 건 정성대로 가는 것이지."

간장을 주문하고 가면서 왜인들이 남기는 말을 종합해보면 맛이 영 떨어진다는 소리였다. 김득수 가를로는 미소 된장에 이어 농도는 물론 색과 향을 달리하는 간장을 다섯 가지로 만들어 내놨다. 도자기나 칼처럼 큰돈은 되지 않았지만 꾸준히 돈이 들어왔다. 일자리를 나눌 수 있었고 굶주림과 병으로 고통 받는 사람들도 조금씩 도울 수 있게 되었다.

"이대로만 나간다면 분점을 내야겠는 걸. 나도 이참에 장 만드는 일에 매달려야 할 모양이야."

"아이구, 이깟 장이야 암만 팔아도 명검 한 자루 값을 하려면 세월이 얼만데요?"

"순교자들이 늘고 있어. 박 요한, 최 베드로가 운젠 지옥에서 처참한 모습으로 돌아왔네……. 고통스럽게 죽었네."

돌쇠 영감의 말에 가슴이 덜컥 내려앉았다.

돌쇠 영감이 만든 칼이 순교자들의 시신을 토막 내는데도 쓰였다니…….

군데군데 살갗이 벗겨지고 벌겋게 익은 순교자들의 시신 앞에서 빈센트 권이 숨죽여 흐느꼈다. 하느님을 심어주는 일에 모든 것을 바치리라 하던 눈에서 하염없이 눈물이 흘러나왔다.

잘 드는 칼인지 시험하기 위해 순교자들의 시신이 쓰인다는 말을 듣고 돌쇠 영감은 헛구역질을 했다. 그는 다시는 칼을 만들지 않을 것이었다.

거친 발소리가 몰려오나 싶더니 몽둥이를 들고 머리를 질끈 동여맨 젊은이들이 들이닥쳤다.

"우리 복을 너희 놈들이 가져간 거지? 여기 우리가 남겨 놓은 복을 너희가 가로채서 누리겠다고?"

공장을 휘젓고 다니며 닥치는 대로 깨고 부수며 괴성을 질러댔다. 장이란 장은 다 휘저어 하나도 먹을 수 없게 만들어 놓고 나서야 그들은 돌아갔다. 간장이 된장과 섞이고 흙바닥에 버려졌다.

“복을 가져갔다고? 저희가 남겨놓고 간 복이 있었다고? 어머니로부터, 어머니의 어머니로부터 전해 온 맛을 두고 그런 억지를 부리다니…….”

김득수 가를로는 공장 바닥에 벌렁 드러누웠다. 분하고 원통하다는 소리도 할 수 없는 처지였다. 터져 죽을 것 같은 화를 가라앉히는 수밖에 도리가 없었다.

아, 그렇구나…….

누워서 보니 보이는 것이 있었다. 놈들이 복이라고 불렀던 것이 바로 저것이었구나. 천장은 너저분하기 짝이 없었다. 서까래와 기둥에 눌어붙어, 서까래의 일부가 되고 기둥이 된 먼지와 찌든 때…… 바로 저것들이 발효를 도와주었을 것이다. 본 모습은 찾아볼 수조차 없게 된 기둥과 천장…… 거기에 살고 있는 수많은 미생물들이, 곰팡이들이…… 그들이 나를 도와 장을 만들고 있었을 것이다.

“그래, 저 눈에 보이지 않는 균들이 모두 내 비법이 아닌가…….”

“누구도 빼앗아 갈 수 없는 복, 오묘한 신비지.”

놈들에게 맞아 도저히 일어서지 못할 것 같던 돌쇠 영감이 바닥을 딛고 일어섰다. 그의 얼굴에도 곰팡이 꽃들이 잔뜩 피어 있었다. 김득수 가를로는 균을 모실 채비를 서둘렀다.

곽정효

성균관대 사학과 졸업. 2010년 『문학나무』 단편소설, 1990년 『월간문학』 시 등단. 시집 『소리의 바다』와 『음악 미나리 상상』이 있다.

후 보 작

김 경

스마트소설

조의 금

나는 살고 싶다. 두 번 다시 오지 않을 절호의 기회를 잡은 마당에 망설일 이유가 없다. 죽음의 사자가 떡 버티고 서 있는 문턱을 아들이 거침없이 넘어오리라곤 꿈에도 생각지 않았다. 얼굴이 화끈 달아오른다. 괜히 사방을 두리번거린다. 마침 나를 복제한 듯한 또 하나의 얼굴이 병실로 들어서고 있다. 일란성 쌍둥이 동생 이도다. 이도는 나와 눈이 마주치자 미소를 짓지만, 참 궁색하고 씁쓸한 미소다.

이도는 내가 입원한 근 한 달 동안 애면글면 내 머리맡을 지켰다. 아예 회사에서 쫓겨날 각오까지 했다고 한다. 그러던 녀석이 갑자기 발을 끊었다가 열흘 만에 나타난 것이다. 아마도 콩팥 한쪽 구하려고 백방으로 돌아쳤을 게 분명하다. 별 소득도 없이. 미소 같지 않은 미소하며, 수심에 찐 몰골로 보아 그렇다는 내 짐작이다. 나는 픽, 웃음이 나온다.

그 상판때기 좀 풀어. 이제 수술비만 있으면 돼!

뭐, 뭔 소리야? 뜬금없이……. 하늘에서 콩팥이 뚝 떨어지기라도 했어?

떨어졌지. 떨어졌구 말구. 철민이 생각나지? 글쎄, 난데없이 철민이가 찾아왔더라고. 아니 실은 내가 철민이를 수소문했지. 그 녀석 참, 날 보자마자 대뜸 뭐랬는지 알아? 아버지한테 받은 이 몸, 당장이라도 돌려드리겠습니다. 야, 떡 벌어진 어깨에 부리부리한 눈이 영락없이 니랑 나랑 판박이더라니깐. 암튼 벌써 검사도 다 끝냈어. 교차반응에서 거부반응만 없으면 바로 수술 날짜 잡을 거다.

형!

이도가 와락 소리를 내지르며 나를 부둥켜안는다. 순간 병실이 텅 빈 듯 일체의 소음이 사라진다. 6인실의 모든 환자와 보호자들이 일제히 숨을 죽이고 우리를 주시한다. 이도는 금세 눈물까지 찔끔거린다. 나는 내친 김에 단호하게 덧붙인다.

수술비 문제를 생각해 봤는데, 기막힌 묘안이 떠올랐지 뭐냐? 빚더미에 옴팍 올라앉은 우리한테 누가 돈을 빌려주겠냐? 내가 그동안 부의금 보낸 사람들 명단이 장롱 오른쪽 맨 아래 서랍에 들어있다. 네 형수한테 달래서 이대로 프린트해 지금 당장 부쳐라.

나는 옆에 놓인 사물함 서랍에서 반으로 접힌 A4용지를 꺼낸다. 이도는 어리벙벙한 표정으로 A4용지를 펼친다.

장일도, 제가 죽어가고 있습니다. 요단 강 건너간 뒤에 들고 오실 조의금을 미리 선불로 받습니다. 꼭 받고 싶습니다. 제발 부탁합니다. 수술날짜가 이달 말입니다.

국민은행 137-28-0571-617 장일도

나는 부랴부랴 병실을 빠져나가는 이도의 뒷모습을 넌지시 지켜본다. 발걸음이 가볍다 못해 경쾌하다. 역시 내 동생이다. 가슴이 더워진다. 마음이 통했다. 나는 슬며시 침대에 드러눕는다. 하루의 마지막 햇빛이 회백색 벽을 타고 넘나든다. 여느 때처럼 그림자가 어룽거리는데, 오늘도 어제처럼 그림자는 꽃송이를 피운다. 철민이 나타나기 전에는 염라대왕의 장삼으로 나풀거리던 그림자였다.

염라대왕, 염라대왕이 그토록 지척에서 나를 내려다보리라곤 언제 상상이나 해보았는가. 눈만 뜨면 나는 너무 두렵고 소름이 끼쳐 지푸라기라도 잡고 싶은 심정이었다.

이제 남은 방법은 '이식' 뿐입니다.

의사는 나와 눈도 마주치지 않고 건조한 목소리로 툭 내뱉었다. 만성 신부전증으로 일주일에 세 번씩이나 들락거리며 투석 치료를 받아온 지 3년이었다. 한 번 투석하는 시간도 4시간은 족히 걸렸다. 투석하는 날은 유난히 하루가 더디었다. 온몸에 맥이 빠지고 다리가 파근해 간신히 집에 돌아오곤 했다. 지치고 힘들었지만, 더는 악화되지 않으리라는 일념으로 참고 견디었다. 병원비와 벌이는 반비례로 자꾸 멀어졌다. 가까스로 마련한 개인택시를 팔고, 나 대신 아내가 회사 택시에 뛰어들었다. 나도 이따금 아르바이트로 운전대를 잡았다. 빚을 등에 짊어지고 죽음에 쫓기는 삶일망정 이리도 급박하게 끝나리라곤 단 한순간도 생각해보지 않았다.

언제나 죽음은 나와는 무관한 일이라고 억지를 부리며 외면했다. 죽음에 무심한 척했다. 시신의 형상이 불을 켜고 나를 바짝 쫓았다. 오직 나와 한 몸이 되려는 심보로 덤벼들었다. 나는 비참했다. 붉은 피가 요동치는 육신이 돌처럼 딱딱하게 굳어 무생물이 되는 절박한 상황. 결코 인정할 수도 수용할 수 없는 현실이었다. 오래전부터 나는 인간의 치사율 100%라는 개념을 파악하고 있음에도 불구하고, 그 인간의 범주에 나를 포함시킬 수 없었다. 시신은 언제 어디서나 그저 바라보는 타인의 모습일 뿐이었다. 나는 모순덩어리였다. 어쨌든 시신을 앞세운 죽음의 현상은 나에게 거머리처럼 달라붙어 떨어지지 않았다. 나는 죽음으로부터 자유롭지 못했다. 나는 가슴이 금방이라도 터져버릴 것처럼 숨이 차오르기 시작했다. 목이 찢겨 나갈 듯 목이 조였다.

나는 한 사내의 차가운 시신을 보았다. 북극의 빙벽보다 더 싸늘한 관 속에 갇힌 시신은 세상과 완전히 단절되었다. 어떤 것도 볼 수 없고 어떤 소리도 들을 수 없었다. 냄새를 맡거나 혀를 놀리는 것도 불가능했다. 손가락 하나 까딱할 수 없는 시신으로 존재하는 사내는 이미 존재의 의미를 상실한 것이었다. 아, 나는 사내를 향해 울부짖었다. 탈출해! 그깟 빙벽 하나 깨부수지 못해? 어서 빨리 과거로 돌아가. 사내는 탈출을 시도했다.

이제 사내는 서 있었다. 하지만 그 자리는 아슬히 깎인 수만 길의 벼랑 끝이었다. 자칫 숨이라도 한 번 잘못 쉬면 금방이라도 추락할 판이었다. 그런데 설상가상으로 벼랑 아래에서 칼날 같은 불길이 화산이 폭발하는 듯한 기세로 올라오고 있었다. 사내는 혼신을 다해 발을 들어 올렸다. 뭔가가 손에 잡혔다. 나는 아내의 한쪽 팔에 대롱대롱 매달려 있었다.

엄마가 왜 모르겠니? 얼마나 겁이 나고 무서울지를. 그래도 아빠를 살려야지. 대기자 명단에 올려도 빨라야 5년이래. 지금 상태론 아빠는 한 달도 못 버틸 거야. 옆 병실 간이식 받으려던 아줌마 있잖아? 어제 큰아들이 검사받았다고 하면서 펑펑 울더라. 가족은 가족이 살리는 거야. 엄마가 유방암 수술만 하지 않았더라도……. 제발, 부탁해.

어떡해, 엄마. 도저히 자신이 없어. 생각만 해도 너무 무서워. 몰라…… 모르겠어.

몽롱하던 정신이 확 깨어났다. 머리칼이 한 올 한 올 주뼛주뼛 일어서는 느낌이었다. 딸들에게 하소연하며 지질하게 매달리던 그녀의 울음 섞인 목소리가 귓전에 쟁쟁했다. 그냥 눈을 부릅뜨고 일어나 한바탕 소리를 내지르고 싶었다. 혜미와 연미, 너희들이 날 외면해? 막된 것들! 이제부턴 아빠라고 부르지도 마. 너희들은 너희들이고, 나는 나다. 너희들은 나와 아무 상관이 없다. 나는 배신감으로 부들부들 떨었다. 이도는 '이식' 이라는 말을 듣자마자 앞장서서 검사실로 갔다. 그런데 뜻밖에 이도의 콩팥에서도 이상 징후가 발견되었다.

나는 딸들이 병실에 있는 한, 눈을 뜨고 싶지 않았다. 나는 너희들에게 당당하게 받을 권리가 있어. 빼앗을 권리도 있어. 나는 입엣말로 되뇌었다. 갑자기 목이 탔다. 그랬다. 아들, 내 아들 철민이 떠올랐다.

18년 전, 나는 세 살배기 아들을 둔 유부남으로 처녀였던 지금의 아내를 만났다. 그녀는 기사 식당의 종업원이었다. 나는 이도와 같이 영업용 택시를 몰면서 그 식당에 몇 차례 드나들었다. 갓 스물인 그녀는 풋풋하다 못해 늘 부닐며 방실거렸다.

장맛비가 추적추적 내리던 늦은 밤, 손님을 내려주고 식당 앞을 지나치는데 안에서 불빛이 새어나왔다. 혹시나 했는데, 역시 그녀였다. 문을 잠근 채 혼자 소주를 홀짝거리던 그녀가 내 가슴에 안겨왔다. 피붙이 하나 없는 그녀의 고단한 삶이 그날따라 한없이 가여웠다. 몰라요, 몰라. 착각했단 말예요. 일도 오빠가 이도 오빠인 줄 알았어요. 그때 이도는 결혼 전이었다. 주인아주머니가 이도를 소개했는데, 그만 나를 이도로 오인한 것이었다. 그녀의 충격적인 말에 오히려 나는 용기가 났다. 피할 수 없는 인연, 운명이 아니라면 그녀는 이도를 만나야 했다. 아내와의 지루한 신경전에 이도가 끼어들었다. 이도는 무조건 그녀와 헤어져야 한다고 나를 몰아붙였다. 나는 아내에게 무릎까지 꿇으며 이혼을 구걸했다. 살려달라고 애원했다. 아내는 요지부동이었다. 이런 말까지 해야겠어? 저놈은 내 씨가 아니야. 입술을 부르르 떨며 새파랗게 질리던 아내의 얼굴. 아내는 그 길로 나를 놓아주고 집을 나갔다. 그 뒤로 아내와 아들은 나와 남보다 더 못한 관계가 되어버렸다.

나는 몇 차례나 몸을 뒤채다가 그만 일어나 앉는다. 이 밤만 지새면 드디어 내일은 수술을 한다. 마음은 당장 국토순례라도 할 것 같은데, 몸은 바위덩이라도 품은 듯 묵지근하다. 영 맥을 못 추겠다. 며칠 전부터 소화 기능이 급격히 떨어졌다. 병원 음식으론 안 되겠다며 아내가 죽을 쑤어왔다. 전복죽, 녹두죽, 호박죽을 번갈아 가져왔지만, 도무지 입맛이 당기지 않았다. 오늘은 금식에 들어가고 어제는 호박죽 몇 숟갈로 겨우 목구멍을 축였는데도 자꾸 메스껍고 구토가 올라왔다. 오목가슴 아래가 쓰라려 고통스러웠다. 왠지 조짐이 좋지 않았다. 급격히 콩팥의 상태가 악화된 듯한 느낌에 불안했다.

2인실이라 철민과 단 둘뿐이다. 일단 아내와 딸들은 집으로 다 쫓아보냈다. 옆 침대에 누운 철민은 잠에 푹 떨어졌다. 숨소리가 유난히 우렁차다. 딸들에게서 느끼지 못했던 기운을 느낀다. 든든하고 믿음직스럽다. 수술실에서도 이처럼 나란히 누워 수술을 받겠지. 정말 괜찮겠냐? 고맙고도 미안해서 얼굴을 똑바로 보지도 못하고 물었다. 철민은 서슴지 않고 내 말을 잘랐다. 아버지잖아요. 철민이 잠들기 전에 슬쩍 철민 엄마의 안부를 했다. 철민은 어머니는 건강하다며 짤막하게 말을 마쳤다. 돌연 한 줄기 서늘한 바람이 가슴을 훑고 지나간다. 심호흡을 하고서 다시 눕는다. 이제 곧 몸이 회복될 것이다. 옆구리의 통증도 말끔해질 것이고 어지러운 증세도 가실 것이다. 나는 손을 뻗어 슬며시 철민의 머리를 쓰다듬는다. 내가 저세상 사람인 줄만 알고 살았다며 녀석은 몇 번이고 말했다. 살아계셔서 고맙다고. 내 자식, 내 아들. 나도 모르게 울컥한다. 순간 병실 문이 거칠게 열리며 여자의 새된 목청이 실내를 뒤흔든다. 내 아들 어디 있어? 어디 있냐구? 짧은 파마머리를 한 중년 여자가 고리눈으로 고개를 빳빳이 들고 들어선다. 무척 낯이 익다.

이 뻔뻔한 인간아! 이게 무슨 짓이야? 너 같은 인간 살리려고 아들 키운 줄 알아?

후다닥 몸을 일으킨 철민이 대뜸 나를 가로막으며 제 엄마의 손을 잡아끈다.

못된 놈! 감히 엄마 몰래 이딴 짓을 하고 다녀? 정신 차려! 이 인간은 네 아버지가 아니라 원수야, 원수. 피? 피가 땡겨?

웃기지 말라 그래. 야, 너도 인간이냐? 무슨 낯짝으로 아들 몸에 칼을 대? 니가 정말 애비라면 그냥 죽어.

엄마, 나가요 제발. 나가서 얘기해요.

비켜! 이놈아. 18년 전에 이 인간이 내 가슴에 비수를 꽂은 말, 난 죽어도 못 잊어. 니가 자기 씨가 아니라고 하면서 우릴 내쳤단 말이다.

철민이 그때 제 엄마처럼 하얗게 질린 얼굴이 된다. 나는 끝내 입을 열지 못하고 고개를 꺾는다. 철민은 큰 눈을 껌벅이면서 제 엄마를 끌고 앞장서서 병실을 나간다. 한바탕 회오리바람이 지나간 듯 정적이 흐른다. 하지만 내 머릿속은 여전히 회오리바람이 불어댄다. 삶에 연연해 아등바등하던 내 모습이 무척 낯설다. 나는 아들이 사라진 텅 빈 침대를 허우룩한 심정으로 바라본다. 병실 문이 벌컥 열린다. 처음 보는 해맑은 얼굴로 이도가 활짝 웃고 있다. 손에 들린 커다란 봉투를 내민다.

형, 조의금이야.

조의금? 참, 그렇지. 다들 고맙구나. 이젠 정말 모든 게 다 완벽하게 해결됐구나.

나는 봉투를 받아들고 물끄러미 이도를 바라본다. 문득 머리가 텅 빈 듯 휑하다. 잠을 자야 해. 지나온 삶을 깡그리 잊고 잠에 골아 떨어지고 싶다. 죽기 전에 나는 꿈속에서 최후의 비장한 무기를 꺼낼 것이다. 경계를 넘나들며 마음껏 훨훨 날아다닐 것이다.

김경

2000년 『월간문학』으로 등단. 단편소설집 『얼음벌레』, 중편소설집 『게임, 그림자 사랑』(문광부 우수교양도서). 2012년 한국소설문학상 수상.

후 보 작

김 미 수

스마트소설

저수지

저수지로 가는 길에 샛노란 뱀풀이 지천이다. 꽃다지와 제비꽃이 밭고랑을 보랏빛으로 물들이고 있다. 쇠뜨나물이나 왕고들빼기나 원추리도 발에 밟힐 정도로 흔하다.

푸른 물이 넘실거리는 저수지가 보인다. 주위의 풀숲을 다 삼켜버린 듯한 커다란 저수지다. 통나무 하나가 산책길 입구를 막고 있다.

반원을 그리며 나 있는 산길은 저수지의 수면과 맞닿아 있다. 한 발 디딜 틈도 없을 정도로 좁은 산길이다. 그 길을 걷다가 자칫 발을 헛디디면 저수지에 빠질 것이다. 깊어서 시커먼 물속을 드러낸 저수지 속으로 말이다.

그러나 둑 너머를 보고 싶으면 둑으로 올라가 보아야만 하는 것이다.

나는 저수지에서 돌아선다. 저수지에서 가까운 곳에 있는 외딴 집 한 채가 보인다. 그 여자의 집이다.

그 여자를 처음 본 것은 보름 전이다.

저수지까지 산책을 한 뒤 마을로 돌아가던 길이다. 마을로 가는 길 왼쪽으로 개울이 흐르고 오른쪽에는 논밭이 이어진다. 산돼지가 검은 똥을 두어 개 떨어뜨리고 독사가 제 길을 조용히 기어가는 길을 걸어가면 여자의 흙집 앞에 다다른다. 집 마당에는 살림살이가 뒹굴고 있다. 마당 한 구석에 서서 여자는 나를 쳐다본다. 여자의 얼굴은 오랫동안 방 안에서만 지낸 듯 창백하다. 흐트러진 머리카락이 얼굴 위로 흘러내린다. 그 머리카락 사이로 충혈된 여자의 눈동자가 섬뜩하게 나를 탐색하고 있다.

그 여자를 다시 본 것은 사흘 뒤였다.

여자는 저수지로 산책 가는 나를 부른다. 그러더니 대뜸 내게로 다가온다.

"냉커피 한 잔 하실래요?"

여자가 묻는다. 가까이에서 본 여자의 얼굴은 부어 있다. 눈동자는 여전히 붉고 말할 때마다 입 주위의 근육이 파르르 떨린다. 말투뿐만 아니라 행동도 한없이 느리다. 여자에게 호기심이 생겨서 나는 그 집으로 들어선다. 마루에는 길고 검은 소파가 놓여 있다. 그 소파 위에는 겨울 이불과 베개가 뒤엉켜 있다. 조금 전까지 소파에 누웠다가 일어난 모양이다. 6월인데 창문은 한겨울처럼 굳게 닫혀 있어 집 안이 숨 막히게 후덥지근하다.

"혼자 사세요?"

내가 묻자, 여자는 시어머니 같은 어머니와 사는데 지금 밭일을 가고 없다고 말한다. 나는 큰길가의 민박집에 묵고 있다고 말해준다.

"식구들과 놀러온 거죠?"

여자가 묻는다. 일 년 전 교통사고로 남편과 아이가 죽고 없다. 그 충격으로 밤마다 수면제를 한 움큼씩 먹고 잠을 잔다. 차라리 따라 죽는 게 낫다고 하루에 수백 번쯤 생각한다. 죽고 싶을 만큼 아름다운 장소에서 뛰어내리고 싶다는 게 마지막 소원이다. 그런 말들을 여자에게 털어놓을 수는 없다.

"나는 서른일곱."

슬쩍 화제를 돌린다. 여자는 서른이라고 대답한다. 냉커피를 내민 뒤 담배 있느냐고 묻는다. 담뱃갑을 내밀자 여자는 배고픈 것처럼 깊숙이 연기를 빨아들였다가 깊숙이 연기를 내뿜는다. 세 가치를 연거푸 피운 뒤 여자가 아기처럼 웃는다. 우리 어머니에게는 담배 핀 것 말하지 말아달라면서 손으로 연기를 쫓는다.

저수지로 산책 가는 길이라고 말하자 여자는 나를 따라온다.

저수지에 도착하자 여자는 길을 막고 있던 통나무 위로 올라선다. 끊어질 듯 가늘게 난 산길을 능숙하게 걷는다. 저수지의 중간까지 산길로 걸어간 여자가 손짓하며 오라고 소리친다. 나는 용기를 내어 통나무 위로 올라서서 여자가 간 길로 따라간다.

생각보다 더 아슬아슬하게 좁은 길이다. 저수지의 3분의 1 둘레만큼 걸어가자 저수지 풍경에 반한다. 수면에 산봉우리가 통째로 물에 잠겨 있고 그 위에 무지개가 채색되어 있다. 날던 새도, 바람에 흔들리던 물푸레나무 가지도 저수지에 제 그림자를 던지는 중이다. 쪽빛 하늘과 뭉게구름도 저수지에 빠지고 있다. 저수지 수면에 비친 광경에 감탄하며 걷다가 한쪽 발을 저수지에 빠뜨리고 만다. 중심을 잃자 온몸이 저수지에 빠질 듯 기우뚱한다. 여자가 다가와서 부축해 주어서 간신히 일어선다.

여자를 세 번째로 만난 것은 이른 아침이다.

민박집 옆의 별장에 사는 남자와 산책을 가게 된 날이다. 밤새 불면으로 지새운 뒤 아침 일찍 산책을 나왔을 때 개를 산책시키는 남자와 마주친 것이다. 오십이 넘었다는 남자는 세 살 된 애완견인 골드리트리버가 식구의 전부라고 한다.

“십 년 만에 찾아왔어요. 십 년 전에 건축 회사를 다니다가

이 동네로 출장을 왔었죠. 그때 이곳 풍광에 반해서 땅을 사뒀거든요. 퇴직을 하고 별장을 지어서 아예 들어왔죠."

남자가 말한다. 아침 7시면 개를 수영시키러 늘 저수지에 간다고 덧붙인다. 수영을 시키지 않으면 진드기 때문에 개가 몹시 가려워한다는 것이다.

저수지에 도착하자 남자는 작은 막대기를 던진다. 개는 헤엄쳐서 단숨에 그것을 물어온다.

"저 개가 나보다 나아요. 난 헤엄도 못 쳐요."

남자는 막대기를 던지면서 떠든다. 열 번쯤 막대기를 던지자 개가 지친 듯 방향을 못 잡고 물속에서 허둥댄다. 그제야 개 수영은 끝난다. 개를 거느린 남자와 함께 마을로 걸어간다.

여자는 숨은 것처럼 옥수수 밭에 쪼그리고 앉아 있다가 우리를 보더니 돌을 던진다. 개에게 던진 것인지 남자에게 던진 것인지 확실하지 않다. 돌은 툭, 소리를 내고 엉뚱한 곳에 떨어진다. 남자는 여자를 나무라지 않고 서둘러 마을 길로 걸어간다. 나도 남자를 뒤따른다.

"저 여자 잘 알아요?"

"미친 여자 아니오?"

별장 남자가 되묻는다. 그러더니 개의 얼굴을 손으로 쓰다듬는다. 개는 남자의 손등에 침을 가득 묻히며 꼬리를 흔든다. 남자는 별장으로 들어가고 나는 산책을 더 하기 위해서 산길로 향한다.

"저기요!"

뒤따라오던 여자가 나를 부른다.

"저거!"

여자가 가리킨 것은 개구리다. 배가 빨간 독개구리 한 마리가 무언가 물고 있다. 개구리가 개구리에게 삼켜지는 중이다. 입 밖으로 개구리 다리 하나가 대롱이를 문 것처럼 빠져나와 있다.

"그 짓 하다가 암놈이 마음에 안 들면 수놈이 암놈을 잡아먹어요."

여자가 머리만 한 돌 하나를 들더니 개구리에게 던진다. 개구리는 돌 아래 납작하게 깔린다. 여자가 그 돌 위로 올라서더니 꾹꾹 누른다.

"냉커피 한 잔 하실래요?"

여자가 묻는다. 그날 길고 검은 소파에 앉아 여자는 자신의 과거를 내게 말한 것이다.

마지막으로 여자를 본 것은 이른 아침이다.

불면증이 더 심해져서 이곳을 뜨는 것이 낫겠다고 생각하며 창밖을 내다보던 중이다. 별장 남자가 저수지 쪽으로 걸어가는 것이 눈에 띈다. 평소보다 30분 빠른 시간이다. 남자의 옆에는 개가 없다. 개를 데리고 있지 않은 남자는 왜소하고 나약해보인다. 외지에서 막 도착한 이방인처럼 낯신 모습으로 남자가 주위를 두리번거린다. 나는 서둘러 방에서 나와서 남자를 쫓아간다. 여자가 개구리를 죽이던 날 내게 한 고백이 떠오른 때문이다.

"스무 살 때 집에 돌아오다가 폐가로 끌려가서 남자에게 당했어요. 십 년 동안 정신병원을 드나들었지만 아무에게도 말하지 않았죠. 왜냐고요? 내 손으로 복수하려다 보니 시간만 지나갔죠."

그런데 왜 낯선 내게 말하느냐고 묻자,

"그 남자가 돌아왔어요. 복수는커녕 또 당할까봐 무서워서 난 떨고 있어요. 이젠 끝내야죠. 그 남자는 개가 없으면 자신이 개가 되는 남자니까요."

여자는 검고 긴 소파에서 일어서며 말한 것이다.

드디어 저수지 부근이다.

앞서 간 별장 남자는 보이지 않는다. 저수지를 휘감으며 난 좁은 산길을 유심히 본다. 저수지둑 가까이 다가가고 있는 여자가 보인다. 여자는 폭이 좁은 길을 걷느라 두 팔을 펼치고 뒤뚱대며 균형을 잡고 있다. 발 한쪽이 빠지던 날 등줄기를 훑던 섬뜩한 느낌이 떠오르자 그만 내려오라고 나는 소리친다.

하지만 여자에게 그 소리가 들리기에는 거리가 너무 멀다. 그 때 여자가 돌아서더니 손을 흔든다. 그것은 나를 향한 것이 아니다. 나무에 가려서 잘 보이지 않던 별장 남자에게 하는 손짓이다. 별장 남자가 여자가 간 길로 뒤따라 걷고 있다. 위태로워 보인다 싶더니 순간 비틀거리다가 넘어지고 만다. 여자가 남자에게 다가가고 있다.

그 순간 물푸레나무가 내 시야를 가린다. 나는 물푸레나무를 지나자마자 정면을 바라본다. 여자가 구부렸던 몸을 펴더니 저수지둑으로 걷고 있다. 그런데 남자는 사라지고 없다. 내가 통나무가 있는 곳에 다다랐을 때 여자는 저수지둑 위로 올라서는 중이다.

"아!"

통나무 위로 올라서던 내 몸이 굳어진 듯하다. 여자가 저수지둑 아래로 가볍게 뛰어내린 것이다. 남자도 사라지고 여자도 시야에서 사라지고 없다. 물푸레나무가 내 시야를 가린 사이에 무슨 일이 있었던 것인가. 저수지를 내려다보아도 저수지둑을 바라보아도 아무도 없다. 내 다리가 후들거린다. 휴대전화도 없고 나는 수영도 못한다. 사라진 이들을 위해 할 수 있는 일이 아무것도 없다. 나는 돌아서서 뛰기 시작한다. 내가 할 수 있는 일은 신고뿐이다. 저수지에서 가장 가까운 곳에 있는 여자의 집으로 들어간다. 여자의 어머니는 없다. 집 전화를 찾아 긴급차를 부른다. 그런 뒤 동네로 뛰어간다.

"저수지에 사람이 빠졌어요. 남자와 여자가 모두 사라졌어요!"

동네 사람들에게 소리치자 사람들이 저수지로 뛰어간다. 나는 그들을 거슬러 민박집으로 돌아온다. 몸이 덜덜 떨린다. 이곳에서 도망치고 싶다. 이런 일에 연루되고 싶지 않다. 승용차에 올라탄다. 시동을 건다. 죽음이라면 넌더리가 난다. 나는 액셀러레이터를 힘껏 밟는다.

집으로 돌아온 뒤 한 순간도 마음이 편치 않다.

죽음처럼 깊고 죽음처럼 검은 저수지 깊숙한 곳에 훼손된 시신이 되어 흐느적대는 남자와 여자의 꿈을 꾸다가 깨기 일쑤다. 저수지둑으로 가서 저수지둑 너머를 보지 않고는 견딜 수 없는 심정이다. 여자가 뛰어내린 곳을 확인하고 싶다는 것이 그 여자처럼 저수지둑 너머로 뛰어내리고 싶다는 충동으로 바뀌어 나를 못 견디게 만든다. 일주일을 버티다가 결국 저수지로 찾아가고 만다.

그 여자의 집 앞을 지나간다. 여자의 어머니는 텃밭에서 상추를 뜯고 있다. 인사를 하자 여자의 어머니는 냉커피 한 잔하고 가라고 말한다. 집으로 들어서자 현관에는 꽈리고추가 스무 봉지쯤 담겨 있다. 큰일을 겪고도 태연히 고추농사를 짓고 있는 것이 놀랍다.

"민박하러 다시 온 거야? 그 민박집 옆에 살던 별장 남자 죽었어. 저수지에 빠져 죽었어."

"따, 따님은……."

"우리 딸은 몰라. 십 년 동안 방에서도 안 나오더니 그 남자가 죽은 날 어디론가 가버렸어."

"그날 저수지에서 그 남자의 시체만 나왔어요?"

"그렇지. 그럼 또 누구 시체가 나오겠어?"

여자의 어머니가 되묻는다.

저수지에 도착한 뒤 나는 망설이지 않고 통나무 위로 올라간다. 그런 뒤 저수지와 면한 좁은 산길로 발을 내딛는다. 여자도 저수지둑까지 걸어가는 것을 내 눈으로 확인했으니 나라고 둑까지 못 갈 이유가 없다. 어차피 내친걸음인 것이다. 별장 남자가 발을 헛디뎠던 그 위치에 다다르자 토사가 유출된 것이 선명히 보인다. 일부러 토사를 흘려보낸 것이 분명하다. 넘어진 상태에서 슬쩍 등을 밀기만 해도 그대로 저수지로 떨어지도록 흙길은 홈이 패어 있다. 그렇다면 왜 남자는 여자를 쫓아서 이토록 위험한 산길을 걸었던 것인가. 모든 것이 혼란스럽다. 언젠가 3분의 1까지 와서 보았던 저수지는 신비하고 아름다웠지만 지금 바라본 저수지는 무엇이든 삼킬 듯 시커먼 목구멍을 드러낸 짐승 같다.

여자가 뛰어내린 저수지둑 앞까지 무사히 도착한 나는 저수지둑 위로 한 발 올라선다. 그런 뒤 돌아서서 저수지둑 너머를 본다.

"아!"

저수지둑 너머에는 시퍼런 저수지가 없다.

저수지둑 너머의 검고 깊은 저수지 속으로 뛰어내리는 여자를 한두 번 상상했던 것이 아니다. 하지만 둑 너머는 마을이다.

개가 짖는다. 복숭아 익는 냄새가 포장지처럼 나를 감싼다. 보리수 열매가 붉은 알맹이를 바닥에 뿌려댄다. 하얀 천사 나팔꽃이 세상의 소리를 모으며 허공에 귀를 대고 있는 평화로운 마을이다. 여자가 간 곳은 저수지 속 깊은 곳이 아닌 것이다.

나는 현기증을 느끼며 저수지둑 위에 서서 저수지와 마을의 선명한 경계를 경험한다.

마을 쪽으로 돌아서자 샛노란 표지의 버스 정류장이 보인다. 그 버스 정류장에 버스 한 대가 미끄러지듯이 멈춰 선다. 여자가 그 버스 위에 올라탄다. 나도 모르게 여자를 향해 손을 흔든다. 여자가 나를 본 것 같지만 바로 그 여자가 맞는지 확실하지는 않다. 버스가 미끄러지며 큰 길로 향한다.

나는 여자가 그랬던 것처럼 저수지둑 아래로 가볍게 뛰어내린다.

김미수

2010년 『동아일보』 신춘문예에 단편소설 「미로」로 당선 등단. 제1회 직지문학상 대상 수상.

후 보 작

김 엽 지

스마트소설

어두움과 비

비가 그치지 않았다. 계속해서 어두웠다. 그리고 더 어두워질 것이었다. 우리는 어두움과 비에 익숙해졌다. 그래서 어두움과 비에 대해서 말하지 않았다. 우리는 사랑에 몰두했다.

A와 나는 번갈아가며 정의를 내렸다. 사랑이란,

'실수와 책임.' 나는 그렇게 쓰고 잠들었다.

'피 터지도록.' 다음날 A는 그렇게 쓰고 일을 나갔다.

'끝.' 그 다음날 나는 그렇게 썼고.

'왜?' A는 그렇게 써놓고 일을 나갔다.

우리는 밤마다 생선구이를 먹었다. 고등어나 도미 가끔은 연어를 먹었다. 우유도 먹고 카레를 만들어 먹기도 했다. 환기가 잘 되지 않았다. 비가 내리기 시작한 지 석 달이 지났고, 비는 석 달 동안 한 번도 그치지 않았다. A와 나는 지치기도 했지만 모두 비 때문만은 아니었다.

사랑이란,

'은색.' 나는 그렇게 쓰고 잠들었다.

'의지.' A는 그렇게 쓰고 일을 나갔다. 성실한 나의 A. A는 비가 내리는 내내 성실했다. 비가 내리기 전에도 성실했다. 그에 비해 나는 잠을 많이 잤다. 나는 열심히, 그리고 치열하게 꿈을 꿨다. 꿈을 많이 꿨기 때문에 힘이 들었다.

사랑이란,

'물먹는 하마.' 나는 그렇게 썼다. 우리에게는 사랑보다도 물먹는 하마가 필요했다. 비는 왜 그치지 않는 걸까? 이제 천둥이나 번개는 무섭지 않았다.

사랑이란,

'기도.' A는 그렇게 썼다. 나는 문득 A의 기도를 응원하고 싶다는 생각이 들었다. 너의 기도를 찬성해. 너를 응원해. 그것과 별개로 넉 달째 비는 그치지 않았고.

사랑이란,

'꼭 결혼하는 게 아님.' 나는 그렇게 썼다.

'부모의 사랑이 최고.' A는 그렇게 썼다. 나는 A가 똑똑하다는 생각이 들었다. 너를 응원해. A. 지금처럼 성실하다면 너는 곧 네가 원하는 삶을 살 수 있을 거야.

사랑이란,

'어두움과 비.' 계속해서 어두웠고, 비는 그치지 않았기 때문에 나는 그렇게 썼다. 몇 개의 도시가 물에 잠겼다. 두렵지 않았다.

사랑이란,

'괜찮아.' A는 그렇게 썼다.

사랑이란,

나는 사랑에 대한 89번째 정의를 쓰려다가 지겨워졌다. 비는 그치지 않았고 빨래는 잘 마르지 않았다. 매일 닦아도 매일 새로운 곰팡이가 벽에 자라났다. 밤에 생선은 그만 먹어야겠다고 결심했다. 덜 어둡거나 더 어둡거나.

김엽지

2010년 『문학과 사회』에 단편소설 「돼지우리」로 신인상 수상 데뷔.

후 보 작

김 정 묘

스마트소설

지금 산에 사는 담쟁이

지금산 암자에 일가를 이루고 사는 담쟁이를 안 지는 그리 오래되지 않았다. 그의 아명은 덩굴이며, 호는 벽려(薜荔)다. 길게 퍼지거나 다른 것을 감아오른다는 뜻이다. 벽려 씨 선조는 울울창창 큰 나무를 타고 오르는 귀재로 초나라 솔왕을 만나 벼슬을 구했으며, 솔왕의 신망을 한몸에 받았다. 초나라에는 솔왕의 고고한 기품을 유지하기 위한 고뇌를 견뎌낼 자가 없어서 아무도 곁에 오질 않았으나, 벽려 씨 선조들은 마치 한 어미에서 태어난 자손처럼 정이 도타워서 잠시도 떨어지지 않았다. 그는 말년에 이름을 감추고 주나라에 들어가 장렬하게 전사했는데 이는 솔왕의 늘푸른 정신을 세상에 전하기 위함이었다. 솔왕은 충정의 보답으로 그의 후손들을 돌보아주었고, 후손들 역시 솔왕의 숭고한 향기를 세상에 전하는 일에 조금의 의심도 없이 주나라에 목을 내놓았다. 지금도 주나라에 가면 시대와 맞선 자, 시대를 거스른 자, 시대를 비껴간 자들이 그의 선조 신위를 모신 사당에 둘러 앉아 주거니 받거니 그들의 영웅담을 되새기고 있다 한다.

> 대대로 화왕의 나라를 돌아보면 작약은 화왕과 함께 죽고, 대는 겨우 절개를 지켰으며, 매화는 버림을 받고, 다만 국화는 초연히 홀로 화난을 면하였으나 화나라의 부귀영화도 열흘 꿈속의 일이다. 강한 자는 공격을 잘하고 약한 자는 지키지 못하느니 의지하는 삶의 부끄러움을 잠시 참고 이름을 남겨라.

초나라인들은 하늘을 향해 굵은 줄기를 곧게 세우고 동서남북 길을 따라 가지만, 벽려 씨 일가는 방향없이 어디든, 곧게 올라간 다른 몸을 휘감거나 붙어서 올라간다. 땅을 딛고 선 꼿꼿한 줄기 하나 없이도 기민하고 맹렬한 걸음으로 길 없는 길을 간다. 그것은 무성하고 영화로웠던 과거는 과거로 묻어두고 혼돈과 무질서를 선택한 자들에게만 보이는 길이었다.

어느날 벽려 씨에게 혼돈과 무질서의 길을 가는 묘수를 물었다. 답은 싱겁다는 말이 싱거울 정도로 간단했다. 자신의 존재감을 포기하고 무슨 일이 있어도 휘감을 것을 잡아내야 한다는 의지 하나면 충분하다는 것이다. 한마디로 그만큼 바닥에서 오랫동안 몸부림쳤다는 뜻이라고 했다. 살아보고자 하는 몸부림은 몸의 변태를 초래하지만 그들의 의지를 꺾을 수는 없었다. 그들은 손 안에 가시와 흡판 같은 무기는 물론 끊어진 듯하면서도 앞을 잇고 뒤를 동여매고, 끌어당기되 힘을 낭비하지 않는, 길 없는 길을 보는 비법이 총총히 들어오도록 몸체를 줄였다. 손 안에 들어온 세상은 가보지 못한 세상을 볼 수 있다는 의지 하나면 못 이룰 것이 없었다. 아무리 높은 정신도 그것을 휘감기만 하면 얻지 못할 지혜가 없고, 아무리 넓은 세상도 뻗어나가기만 하면 보지 못할 세상이 없었다. 포도덩굴손은 신나라 주왕이 머리에 쓰고 다닐 만큼 각별한 사랑을 받았고, 호박덩굴손은 요리사가 되어 솥을 짊어지고 인나라 탕왕에게 다가가서 힘을 다해 농가에 이름을 올리고 대대손손 부를 누렸다. 벽려 씨의 가까운 조상은 성실함과 스스로 몸을 낮추는 겸손함으로 척박한 담벼락에 붙어사는 기술을 터득하여 인나라 성에서 귀족의 삶을 살았고, '마지막 잎새'는 생명을 구한 의지의 초인으로 모르는 이가 없었다. 이런 선조의 음덕으로 벽려 씨는 물론 그 자손들은 하나같이 다른 세상에 자신의 몸을 걸어 햇빛을 고루 받고 바람에 흔들림을 즐길 줄 아는 풍류객으로 살고 있다. 덩굴손에 휘감긴 세상이 위로, 뻗어 올라가면 그 어느 녹색군자보다 햇볕을 즐기며 세상을 굽어볼 수 있었다. 벽려 씨가 덩굴손을 나풀거리면 곧 그가 기이한 세상을 보았다는 것이다. 의지하던 지팡이를 내던지는 순간, 처음 맞이하는 침묵은 두려운 법이다. 탄성을 내지르지 않을 수 없는 것이다. 이를 제일 먼저 산새들이 알아차리고 구름같이 모여든다. 지나가는 소나기도 날개를 접고 거꾸로 매달려 눈을 반짝인다.

벽려 씨는 그의 일가가 살아가는 내력을 묻는 이가 처음이라며 홍이 난 듯 그의 문중에 방외지사로 살고 있는 덤불가의 이야기도 들려주었다.

문으로 법을 어지럽히고 무로써 법을 어긴 시절이었다고 한다. 초나라인들은 천둥으로 호령하고 번개칼을 휘두르는 도나라 군사들을 크게 두려워하였는데, 특히 혼돈과 무질서를 신앙하는 덤불가가 제일 먼저 화를 당했다. 그들은 생태계 공공질서를 문란케 하는 주범으로 몰려서 보이는 즉시 추방 대상이 되었다. 일가를 이룰 만하면 몰살당하기 일쑤였다.

저들 불한당들은 땅을 가려서 밟지도 않고, 때가 되지 않았는데도 말을 하고, 그 내용 또한 시종 종잡을 수 없고 일반적인 이치에 맞지 않는다. 빛을 굴리고 빛을 휘감고 빛을 이어 나르고, 빛을 공중그네에 매어달고 재주를 부리는 놀라운 감화에 모여든 벌 떼, 나비 떼, 새 떼들을 희롱한다. 그리고 태초 하늘과 땅의 혼돈을 따르라고 선동한다. 기억력이 좋고 약삭빠르기 그지없어 스스로 설 수도 없으면서 엉거주춤 휘감기는 척하다가 꼭대기에 이르면 의지했던 자를 밟고 올라서버리는 기회주의자들이다. 저들을 그냥 두면 누가 하늘의 도를 믿겠는가.

영원한 반란을 꿈꾸며 길들여지지 않은 부류들은 초야에서 영토도 없이 스스로 왕으로 칭하였다. 반란을 주도한 덤불은 출신이 미천했지만 하나라를 정벌한 뒤로 세력은 걷잡을 수 없이 뻗어나갔다. 혹독한 시련을 이겨내고 살아남았기에 잠도 안 자고 뻗어나가는 자기 혈통에 충실한 근성을 키워나갔다. 그리고 마침내 세상을 뒤덮어버리는 세력을 과시하기에 이르렀다.

우리는 이미 수억만 겁 전에 직립보행의 유혹을 뿌리치고 우리의 운명을 결정했다. 우리는 이성적인 하늘의 복종에 길들여지지 않았고, 우리들 나름대로 자유롭게 행동하며 게걸스럽고 야하고 뻔뻔하게 산천을 지배해왔다. 지금까지 쉼 없이 달려왔다. 여기서 멈출 수 없다. 앞으로앞으로.

하지만 덤불은 빠른 속도감에 중독되어 점점 더 사치스러워지고 점점 더 교만해지고 점점 더 사소해지고 약간씩 미쳐갔다. 걸고 올라갈 다른 몸 없으면 제 살끼리 똬리를 틀고 올라갔다. 이윽고 세상이 덤불로 뒤덮이자 땅을 딛고 반듯하게 일어서는 것들이 멸종하기에 이른 것이다.

게으름을 찬양하는 시기에 우리는 급성장했습니다. 덩굴손을 뻗는 것이 생존에 필요한 일이긴 해도 삶의 목적은 될 수 없지 않습니까? 우리는 우리의 특성이 독이 되어 눈이 멀어가고 있습니다. 우리는 계속해서 무언가를 하지 않으면 안 되는 어리석음을 범하고 있습니다. 이제 우리의 덩굴손으로 이 세상을 변화시킬 수 있다는 각성을 하자는 것입니다. 우리의 손을 무언가 휘감기 위해서, 타고 오르기 위해서 뻗는 게 아니라 의지가지없는 허공을 향해 손을 내미는 길을 가고자 발심을 내자는 것입니다.

지금산 암자로 쫓겨 온 덤불무리를 자미화부인은 갓난아기처럼 보듬어 안았다. 그러자 신비하게도 덤불무리는 잠시 걸음을 멈추고 몰아쉬던 숨을 가다듬었다. 이 또한 그들의 선조들이 그러했던 것처럼 덩굴손의 살아남으려는 몸부림으로 몸의 변태가 일어나는 순간이었다. 그 뒤로 지금산 암자에는 홀로서기를 작심하며 스스로 덩굴손을 자르거나 스스로 하늘에 잎을 올리길 꿈꾸는 덩굴의 해탈을 꾀하는 무리들이 일가를 이루게 되었다.

벽려 씨 일가의 숨은 비화는 계사년 백중날 암자에 새로 들어온 담장 밑 풍선초동자가 부풀려 이야기한 것을 공양전 굴뚝 아래 유홍초행자가 기록하여 세상에 퍼트렸다.

지금산 암자로 쫓겨 온 덤불무리를 자미화부인은 갓난아기처럼 보듬어 안았다. 그러자 신비하게도 덤불무리는 잠시 걸음을 멈추고 몰아쉬던 숨을 가다듬었다. 이 또한 그들의 선조들이 그러했던 것처럼 덩굴손의 살아남으려는 몸부림으로 몸의 변태가 일어나는 순간이었다.

김정묘

1989년 『문학과비평』에 「화개잎차를 마시며」 외 7편을 발표, 시인 등단. 2001년 『한국소설』에 단편소설 「이구아나의 겨울」 신인상으로 소설가 등단. 시집 『그리움은 약도 없다』 『태극무극』, 동화집 『엄마야 누나야 강변살자』, 산문집 『부처님 공부』, 미니픽션 동인집 『술집』 『그 길』 외 다수. kkmyo@hanmail.net

후 보 작

김 지 수

스마트소설

맨발

그는 연희에게 발을 보여 달라고 했다.

"발을 보면 그 사람의 건강상태와 인생이 보이죠. 족상이라고 들어보셨나요?"

"아뇨."

무더운 여름이었고 맨발이 드러나는 샌들을 신었지만 연희는 반사적으로 두 발을 의자 뒤로 감추며 고개를 저었다. 손금을 봐주겠다며 스킨십을 시도하는 수상쩍은 남자들을 보긴 했지만 발을 보여 달라고 하는 사람은 처음이었다. 더욱이 첫 소개팅 자리였다.

남자는 삼십 중반, 지방의 국립대학 이공계 출신에 중소 기업체의 계장급이라고 했다. 회색 면바지에 베이지색 얇은 재킷을 걸친 차림새며 별 특징 없는 얼굴이지만 선한 눈매가 외모도 나름대로 무난했다. 그만하면 조건이 나쁘지 않았으나 그렇다고 썩 매력적인 면도 없었다. 천천히 알아보라며 소개해 준 친척도 그렇게 말했고 나이 서른을 넘겼어도 여전히 남자 보는 눈이 깐깐해 별 기대 없이 자리에 나온 연희도 그렇게 생각되었다.

그런데 의례적인 수인사를 나누자마자 다소 머뭇거리던 남자는 그녀의 다리 쪽에 시선을 주며 마치 긴요한 용건이라도 해결해야 할 사람처럼 발을 보여줄 수 있느냐고 물은 것이다.

"초면에 그런 실례의 말이 어딨어요?"

연희는 당차게 쏘았고 그런 그녀의 태도에 미안하고 멋 적어졌는지 남자가 계면쩍은 미소를 짓고 더듬거리는 어조로 해명했다.

"죄송합니다. 전 누군가를 보면— 그 사람의 발이 궁금해 견딜 수가 없거든요."

"왜 하필 발이에요?"

남자는 선뜻 말을 받았다.

"제가 발을 연구하게 된 것은 사람들이 발에 대해 너무 무심한 것 같아서였죠. 사실 우리 몸에서 가장 정직한 곳이 발인데요. 관상이나 손금과 달리 쉽게 인공적인 변화를 줄 수 있는 부분이 아니거든요. 또 발은 땅을 딛고서 우주와 직접 교감하는 신체의 유일한 부분입니다. 귀하고 훌륭한 사명을 타고났죠. 우리의 전신을 온전히 유지하고 평생 그렇게 삶의 무게를 지탱하기도 하구요. 우리를 어떤 지향점으로 실질적으로 끌고 가는 수레바퀴요 도구지요, 결국 발의 자취가 인류의 역사인 셈이지 않습니까."

어떤 대상을 맹신하는 교주처럼 그때부터 남자는 열심히 발 이야기만 했고 이 남자도 아니구나, 마음속으로 판단을 굳히며 연희는 점점 발바닥처럼 표정이 딱딱해졌다.

무심코 남자의 발을 보니 정작 본인은 맞선 자리라고 예의를 차린 것인지 끈을 단단히 묶은 구두 차림에 목이 긴 양말까지 신어 족상은커녕 모양새도 가늠할 수 없었다.

가을이 왔다.

시려지는 발에 스타킹을 신으면서 연희는 발을 들여다보았다. 기실 그사이 씻거나, 발톱을 다듬거나, 페디큐어를 바를 때도 연희는 제 발을 유심히 들여다보곤 했다.

여름 중반에 만났던 어떤 남자의 현란한 발 이야기는 귀 뒤로 흘려들었는데도 이상하게 신경이 쓰였다. 가끔 신문이나 잡지, 텔레비전 화면 등에 발레리나의 발이나 마라토너의 발 등 발에 관한 주제가 언급될 때는 자신도 모르게 집중해서 보게 되었다.

나잇살이 붙는지 점점 체중이 늘어가는 자신의 신체를 하루 종일 온전히 유지하고 그렇게 평생 삶의 무게를 지탱할 것이며 그녀를 그녀가 지향하는 목표점에 실어가는 도구이자 수레바퀴가 될 것이고 결국 그녀의 역사가 될 발이었다.

맨발로 맨 땅을 딛거나 모래사장을 걸으며 발바닥에 자연의 촉감이 사르락사르락 느껴질 때는 우주와 직접 교감한다는 말이 실감되기도 했다.

가끔 그녀는 제 발을 쳐들고 반쯤 눕혀 들여다보기도 했다. 움푹 파이고, 도드라지고, 파란 핏줄이 보이기도 하는 그 바닥에 제 운명의 씨줄과 날줄이 얼기설기 얽혀 있다는 사실이 신기하고 궁금해지던 것이다.

혹시 그 남자에게 발을 보여주었더라면 앞으로 다가올 미래의 운명, 우선은 그녀로선 가장 호기심을 자극하는 결혼 운을 알 수 있었을까 하는 의문이 들기도 했다.

가을이 가기 전에 연희는 그 남자를 다시 만났다.

남자는 지난번과 별 다를 게 없었지만 이번에는 연희가 조금 변해 있었다.

만남을 거듭하는 동안 그녀는 맨발을 보여주게 되었고 결혼 운도 알게 되었다. 그 남자와 성혼을 하게 되었기 때문이다.

물론 그 전에 그녀도 그의 발을 볼 수 있었다.

청혼을 하기 전, 그는 구두와 양말을 꼼꼼히 벗고 무릎까지 바짓단을 걷어 올린 다음, 두 발을 드러내고 진지한 어조로 말했다.

"이것이 제 맨발입니다. 족상도 볼 수 없고 어느 발보다 흉하지요. 그렇지만 지금까지 저는 이 발로 세상을 굳건히 딛고 살았고 또 이 발로 앞으로 당신과 함께 목숨이 끝나는 날까지 어디든 함께 가고 싶습니다."

그가 내민 것은 어느 발보다 귀하고 훌륭한 사명을 타고 태어난 것처럼 보이는 쇠붙이로 만들어진 의족이었다.

김지수

1987년 『한국문학』 신인상, 1989년 『동아일보』 신춘문예 당선. 저서 『크로마 하프를 켜는 여자』 『문명왕후 김문희』 『누가 강으로 떠났는가』 등.

jisuhanul@hanmail.net

후 보 작

박 경 희

스마트소설

사막여자

고비 사막에 다다른 여자의 머리 위로 정오의 햇살이 빛났다. 하늘은 파랗고 게르 한 점 보이지 않을 만큼 사위가 고요했다. 고비 사막은 중동 사막과는 달리 은빛 모래가 아닌, 자잘한 돌이 많은 광야다. 푸르공 엔진소리가 아니라면 정지된 화면이나 다름없다. 울란바트르에서 빌린 '푸르공'이 거침없이 사막을 달리고 있다. 여자는 K와 닮은 푸르공을 연인 삼아 사막을 쏘다니고 있다.

잠시 붉은 깃발이 휘날리는 '어워' 옆에 차를 세웠다. 여자는 돌탑 주위를 돌며 작은 돌멩이 하나를 얹었다. 사막 같은 가슴에 꽃을 달라고 빌었다. 여자는 메마른 가슴으로 초원을 바라보고 있다. 어디선가 민요 같기도 하고 주술 같기도 한 소리가 들려왔다. 태고로부터 들려오는 소리처럼 애잔하다. 둘러보니 가축 속에 파묻힌 유목 노인이 노래를 부르고 있다. 고음과 저음이 동시에 울려 나오는 몽골 특유의 '흐미'다. 여자는 몽골에 와서 이 구성진 노래를 들을 때마다 가슴이 아릿해졌다. 시나브로 땅거미가 내려오고 있었다. 본능적으로 망원경을 꺼내 주위를 살폈다. 망원경 속으로 능이버섯 같은 하얀 점이 보였다. 게르의 희미한 불빛을 보는 순간, 여자의 눈이 파르르 떨렸다.

푸르공에 시동을 걸려는데, 뭔가 이상했다. 부르르 떨기만 할 뿐, 시동이 걸리지 않았다. 낭패감이 온몸을 감쌌다. 사막 한가운데서 자동차가 망가지다니. 딸꾹질이 났다. 긴장할 때면 찾아오는 고질병이다. 사위는 정적이 감돌고, 노래를 부르던 노인마저 자취를 감췄다. 숨이 막혀왔다.

부르릉 부릉.

분명 자동차 소리였다. 엔진을 살피던 여자는 간절한 눈빛으로 고개를 들었다. 눈앞에 푸르공을 닮은 남자가 우뚝 서 있었다. 산속에서는 짐승보다 사람이 더 무섭지만 지금은 달랐다. 그가 산도적일지라도 도움을 요청할 수밖에 없었다.

"깊은 산속에서 이토록 기막힌 미인을 만나다니! 근데 차가 고장 났습니까?"

남자가 농담처럼 말을 건넸다. 여자는 귀를 의심했다. 낯선 이국 땅, 그것도 깊은 사막에서 모국어를 듣게 되다니. 딸꾹질이 멈췄다. 남자가 여기저기 자동차를 살폈다. 근육질의 몸매에 호피 잠바, 큰 배낭을 멘 모습만으로도 보헤미안 기질이 다분해 보였다.

“꼼짝없이 사막에 갇히게 되었군요. 정비소에 연락을 해야 할 것 같은데…….”

“울란 바르트에서 여기까지 오려면 힘들잖아요.”

“그래도 연락부터 하세요!”

여자는 배낭에서 수첩을 꺼내 렌트 해 온 회사에 전화를 걸었다. 신호조차 가지 않았다. 여자가 당황한 얼굴로 연신 신호를 보내지만 여전했다.

“일단 와이파이가 터지는 게르부터 찾읍시다. 내 차 타요.”

여자는 푸르공을 사막 한가운데 팽개치고 가는 게 영 마음에 걸렸다.

“걱정 마십쇼. 꼼짝도 않는 차, 누가 훔쳐 가지 않을 테니까!”

여자가 푸르공이 보이지 않을 때까지 연신 뒤돌아보자 남자가 툭, 한 마디 던졌다.

“애인 두고 가는 사람 같습니다. 핫하.”

속내를 들킨 것 같아 섬뜩했다.

“초면에 죄송합니다.”

“인사는 나중에 하시고요. 지금은 게르가 우선입니다.”

여자는 남자 옆에 앉아 망원경으로 연신 밖을 내다보았다. 게르는 사막의 등대다. 지난 한 달간 게르를 만나지 못했다면, 여자는 벌써 여행을 포기했을지도 모른다. 어둠 속에서 남자를 따르다보니 게르가 눈앞에 나타났다. 오아시스를 만난 것처럼 반가웠다. 그런데 게르 가까이에 다가갔는데도 전혀 인기척이 없었다. 게르 주위에 있는 말과 양들도 죽은 듯 누워 있었다. 모두 잠든 것 같았다.

"유목민 신세 지지 말고 그냥 초원에서 자는 것도 괜찮겠네! 텐트 갖고 다니죠!"

남자는 혼잣말처럼 읊조렸다. 길 위에서 만난 남자가 두렵기는 하지만 어쩔 수 없었다. 그나마 유목민이 곁에 있다는 것이 위안이 되었다. 남자의 텐트 치는 솜씨가 베테랑급이었다. 길 위에 오래 머문 사람만이 뿜어내는 포스가 느껴졌다. 순식간에 어둠 속에서 집 두 채가 세워졌다. 남자는 담배를 피며 여자를 바라보았다. 여자는 달리 할 말도 없고 어색해 애꿎은 하늘만 쳐다보았다. 몽골의 하늘은 언제 봐도 환상적이다. 밤하늘에 별들이 하얀 소금을 뿌려놓은 것처럼 반짝였다. 별빛이 보석처럼 빛났다. 여자는 누군가에게 진짜 보석이 되어 본 적이 없다는 생각에 우울했다. K에게 여자는 하나 더 가진 자동차 같은 존재였는지도 모른다. 여자의 머리 위로 은하수가 와르르 쏟아져 내렸다. 황홀한 모습에 여자는 잠시 위로를 받았다.

"원래 그렇게 말이 없어요? 긴 생머리에 몽환적인 눈매……. 사막과는 영 어울리지 않는 그림인데……. 근데 날 완전 투명 인간 취급이네."

남자가 연신 구시렁거렸다. 사실 여자는 떠나기 전에 머리를 자르려 했다. K가 좋아하던 모든 흔적을 지우고 싶었다. 차마 실행을 못한 건 미련 때문이다. 남자가 뚫어지게 바라보는 바람에 여자는 K의 기억으로부터 빠져나오려 애썼다.

"사막을 달리는 여자라……. 그것도 혼자……. 그 가냘픈 몸매로……. 뭔가 사연이 있는 게 틀림없는데……."

여자는 실제로 깡마르긴 했다. 그렇다고 볼륨이 없는 건 아니다. K가 풍만한 가슴과 쇄골의 마력에서 벗어날 수 없다고 할 정도로 탄력 있는 몸매다.

"저는 창이라고 합니다. 창밖의 세상을 많이 보고 싶어서 지은 닉네임이지요."

남자가 독백하듯 자기소개를 했다. 여자는 말없이 남자의 눈을 들여다보았다. 목소리는 걸걸해도 왠지 눈망울이 슬퍼 보였다. 그의 눈빛 속에서 여자는 자신을 보았다.

"저 나쁜 사람 아니니까. 이제 그만 경계 좀 푸시죠!"

남자가 배낭에서 주섬주섬 무엇인가를 꺼내며 말했다.

"몽골 사람들이 자주 마시는 마유주입니다. 요기도 되고, 추위도 가실 수 있을 겁니다."

"감사해요. 몽골 사시나요?"

여자는 진심으로 고맙다는 말과 함께 궁금한 것에 대해 물었다.

"그냥 발길 닿는 대로 사는 거죠. 바람이 부르는 대로, 자연의 숨결을 따라 떠돌면서요. 인생 별 겁니까. 발 닿는 곳이 내 집이죠."

여자는 자신이 해야 할 말을 그가 대신하고 있다고 생각했다. 발길 닿는 대로, 라는 말이 주는 공허함을 여자는 누구보다 잘 알고 있다. 온 세상이 자신의 땅일 수 있지만, 결국은 아무것도 자신의 것이 될 수 없다는 것을. K가 자신에게 그런 존재였던 것처럼 말이다.

"한 잔 하시죠. 기분 전환도 할 겸."

여자의 침묵이 무거운지 남자가 짐짓 목소리를 높였다. 남자가 건넨 마유주는 동동주와 맛이 비슷했다. 남자는 호방한 외모와는 달리 그리 말이 많지는 않았다.

"그쪽은 어디까지 가십니까?"

"그냥. 걸어요. 걷다보면 사막에서 꽃을 피우게 되지 않을까 싶어서요. 민달고비까지 가서 흡습 골까지 갈까 해요."

여자가 진담을 농담처럼 했다. 여자는 자신도 왜 사막을 걷는지 알 수 없었다. K부모의 반대로 결혼이 깨진 순간부터 여자의 가슴엔 바람이 불었다. 그때마다 여자는 사막을 꿈꿨다. 어쩌면 가슴속의 바람이 여자를 사막으로 인도했는지도 모른다.

“바다 같은 호수……. 흡습 골은……. 신이 머무는 호수라고 하죠.”

여자는 K와 함께 흡습 골을 찾았던 적이 있다. 그때는 자신이 K의 숨겨진 여자로 살 줄은 상상도 못했다. 한 남자의 그림자로 산다는 건, 날마다 피폐해지는 일이었다. 남자가 말을 해도 여자가 별 반응이 없자, 남자가 머쓱한 표정으로 일어섰다.

“생각이 많으신 것 같네요. 방해가 되었다면 죄송합니다. 그럼 이만…….”

남자는 그늘진 얼굴로 텐트 안으로 들어가버렸다. 여자는 한동안 그의 텐트를 바라보다 조용히 자신의 침낭 속으로 들어갔다.

다음날 아침, 사막의 바람 소리에 눈을 떴다. 남자는 이미 일어나 한 바퀴 산책을 한 듯 푸르른 얼굴로 손을 흔들었다. 간단히 수태차 한 잔을 나눠 마신 뒤, 게르가 있는 둔덕에 올라 전원을 켰다. 사막에도 게르가 있는 곳은 와이파이가 켜질 때가 있다는 게 신기하면서도 고마웠다. 간신히 차를 대여해준 가게에 연락이 닿았다.

남자는 같이 산책도 하고 게르에도 들어가자고 했지만, 여자는 손사래를 쳤다. 어서 푸르공을 고쳐줄 기술자가 나타나기만을 기다렸다. 사막에 들어와서까지 분주하게 움직이고 싶지 않았다. 남자가 아이들과 함께 가축몰이를 하는 동안 여자는 게르 옆에 앉아 하늘바라기를 하고 있었다. 푸르공을 고쳐 줄 사람을 기다리며.

"안색이 안 좋아요. 여기까지 와서 다글다글 속을 끓이십니까. 사막을 걷는 여자가."

남자가 땀을 뻘뻘 흘리며 말했다.

"저 때문에 지체하지 마시구……. 먼저……. 떠나세요."

여자는 남자를 향해 말했다. 그래야 마음이 편할 것 같았다. 사막에서조차도 누군가의 도움을 받는 게 부담이 되었다. 여자는 배낭에서 물을 꺼내 벌컥, 소리가 나도록 마셨다. 남자가 놀란 눈으로 여자를 바라보았다.

"제 걱정은 마시죠. 떠날 때 되면 떠나니까! 그런데 물을 그렇게 마시면 어떡합니까. 물이 생명입니다. 사막에서는."

남자가 엄청난 잘못이라도 저지른 듯 꾸짖었다.

"그러면서 먼저 가라고요? 보호자가 반드시 필요한 사람인데. 핫하."

남자가 특유의 웃음을 날렸다. 광야에 남자의 마른 웃음소리가 울려 퍼졌다. 렌트카 직원은 해가 지도록 오지 않았다. 사막의 밤은 야생 쥐들의 발자국소리와 함께 깊어갔다.

다음날도 또 그 다음날도 기술자는 나타나지 않았다. 여자와 함께 시간을 죽이던 남자가 떠나길 재촉했다. 푸르공을 버려야 할 때가 된 것 같았다. 여자는 푸르공을 두고 떠날 생각을 하니 마음이 짠했다. 만류하는 K를 두고 몽골행 비행기를 탈 때만큼이나 심란했다.

"제 차로 움직이죠. 대신 가이드 비는 든든히 주셔야 합니다. 핫하."

남자와 한참을 달리다보니 어느새 광야의 밤이 왔다. 게르가 보이자 남자가 먼저 차에서 내렸다. 여자도 차를 세우고 배낭을 꺼냈다. 습관적으로 배낭을 가슴에 품고 있는 여자를 보자 남자가 말했다.

"어서 텐트 쳐야지요. 배낭 안에 꿀단지라도 들었습니까?"

남자는 여자를 놀리듯 말한 뒤, 능숙한 솜씨로 하룻밤 머물 집을 지었다. 그 곁에 여자의 녹색 지붕도 금방 세워졌다. 게르에서 흘러나오는 불빛이 정겨웠다. 남자는 물병을 건네며 그윽한 눈빛으로 여자에게 물었다.

"난, 아직 그쪽 이름도 모르네요. 왜 혼자 사막을 걷는지도 모르고……."

남자가 여자의 눈을 들여다보며 말했다.

"장콕또가 그랬다죠, 내 귀는 소라껍질 바다를 그리워한다고요. 저는 사막이 그리워 떠난 몽희예요……."

여자는 일부러 쿨한 척 시니컬하게 말했다.

"꿈꾸는 여자네요. 이름이……."

여자는 자신의 이름이 싫었다. 늘 꿈만 꾸는 여자. 남자의 호적에 이름조차 올리지 못할 미미한 이름을 버리고 싶었다.

"사막을 걷다보면, 사연이 없는 사람은 단 한 사람도 없죠. 왜 사막을 걷느냐고 묻는 것 자체가 모순이지요. 그쪽도 누군가 마치 이곳으로 부른 듯 홀려서 사막에 온 것 아닌가요. 5년 전 제가 그랬던 것처럼……."

남자가 서늘한 눈빛으로 말했다. 삼십대 중반쯤으로 보이던 남자가 갑자기 늙어 보였다.

"몽골의 밤하늘은 사람을 미치게 만드네요. 죽었던 오감이 되살아나는 것 같네요. 고향에 가고 싶어요. 가끔은."

남자가 시를 읊듯 말했다. 거침이 없던 남자가 갑자기 엄마 품을 파고드는 어린아이처럼 연약해 보였다. 여자는 K와의 시작도 연민이었다는 생각이 들자, 고개를 흔들었다. 다시는 혼돈의 늪으로 들어가고 싶지 않았다.

"저는 일이 생겨서 내일 도시로 나가야 될 것 같네요. 민달고비까지는 모셔다 드릴게요."

느닷없었다. 순간, 멀리서 별똥별이 떨어졌다.

"오늘이 몽희 씨와 마지막 밤이네요. 아무튼 사막은 만만치 않으니 조심하구요."

남자가 서늘한 눈으로 말했다. 여자도 마지막이라고 생각하니 기분이 묘했다.

"사람한테 상처 받은 건, 사람에게 치유 받아야 해요. 너무 마음의 문을 닫으려고만 하지 마세요."

남자가 여자를 그윽한 눈으로 바라보며 말했다. 남자의 눈빛이 예사롭지 않았다. 여자는 일부러 못 본 척 하늘을 쳐다보았다. 다시 사랑의 늪에 빠질까 두려웠다.

"밤바람이 차네요. 안에 들어가 한 잔 더 하죠."

남자가 여자의 손을 잡고 텐트 안으로 들어갔다. 그의 텐트는 생각보다 넓으면서도 아늑했다. 그가 촛불을 켠 뒤, 배낭에서 보드카를 꺼냈다. 독주가 넘어가자 목구멍이 타들어가는 것 같았다. 온몸이 나른해지면서 몽롱해졌다. 바람결에 촛불이 꺼졌다. 남자가 갑자기 여자를 껴안았다. 남자는 사막을 거칠게 달리던 푸르공이었다. 숨소리가 불온했다. 남자의 귓불에서 흘러내리는 땀을 보면서 K를 떠올렸다. 여자는 끝내 남자를 향해 문을 열지 못했다.

"사막에서 꽃을 피우고 싶다면서요?"

남자의 눈이 아쉬움과 연민으로 가득했다.

'더러워.' 여자는 남자의 눈길을 피해 혼잣말로 자신을 향해 외쳤다. K가 작업실에 다녀갈 때마다 외치던 말이었다. 여자는 붙잡는 남자를 뿌리치고 밖으로 나왔다. 그토록 빛나던 별들이 웬일인지 모두 자취를 감췄다. 금방이라도 비가 내릴

듯 하늘이 무겁게 내려앉았다.

희부윰한 새벽이 다가왔다. 안개 같은 모래바람이 온통 사방을 에워쌌다. 시야가 가려 눈앞의 나무들이 유령처럼 보였다. 여자는 기지개를 켜며 남자의 텐트를 살폈다. 텅 비었다. 서늘한 바람이 가슴을 훑고 지나갔다. 여자는 눈을 비비고 다시 바라보았다. 남자의 호크 무늬 텐트와 검은 자동차가 사라졌다. 어디선가 들짐승의 울음소리가 들려 왔다. 여자의 눈가에도 소리 없이 눈물이 흘러내렸다.

여자의 가슴에 또 하나의 사막이 들어오고 있었다.

여자는 자신이 해야 할 말을 그가 대신하고 있다고 생각했다. 발길 닿는 대로, 라는 말이 주는 공허함을 여자는 누구보다 잘 알고 있다. 온 세상이 자신의 땅일 수 있지만, 결국은 아무것도 자신의 것이 될 수 없다는 것을. K가 자신에게 그런 존재였던 것처럼…

박경희

오랜 세월 방송 작가 생활을 했다. 2006년에는 한국 프로듀서연합회가 제공하는 '한국방송 라디오 부문 작가상'을 수상했다. 2004년에 『월간문학』에 단편소설 「사루비아」로 당선 등단. 『류명성 통일빵집』 탈북 청소년 소설집, 『분홍벽돌집』 장편소설, 『우리의 소원은 통일』 르포집, 『엄마는 감자꽃 향기』 동화, 『여자나이 마흔으로 산다는 것은』 에세이 외 다수 출간. 현재는 탈북대안학교인 '하늘꿈학교' 글쓰기 지도. 다양한 장르에서 경계선을 넘나드는 글을 쓰고 있다.

park3296@naver.com

후 보 작

박 찬 순

스마트소설

데이지 앤 데이지

메 에에에. 몸을 돌리기도 힘든 하굣길 전철 안에서 느닷없이 양 울음소리가 들린다. 다들 그게 무슨 소리인지 알고 있다. 누군가의 액정 화면에 메시지가 떴을 것이다.

양이 배고파합니다. 어서 밥을 주고 보너스를 받으세요.

조금 전 농장에 다녀 왔나보다. 하긴 나도 요즘 이불 속에서 테란이랑 저그, 프로포스와 놀다가 잠자기 전에 일부러 잠시 거기 들리곤 한다. 양 울음소리에 엄마의 눈꺼풀은 스르르 감길 것이기에.

공부하다 머리 식히느라 녀석이 또 들어갔었구나. 하지만 저거야 뭐 착한 거니까.

성적이 통 오르지 않는 삼수생 막내 때문에 잠 못 이루는 엄마에게는 이보다 더 좋은 안정제는 없다.

학원도 빼먹고 누나와 옥수역에서 만나 대교 쪽으로 가기로 했다. 누나의 새 출발과 데이지와는 아무 상관이 없다고 내가 그렇게 말렸건만, 기어코 그 일을 결행할 모양이다. 나더러

증인이 되어 달래나. 지하철 안의 사람들은 나이에 상관없이 모두들 작은 직사각형 판에 코를 박고 있다. 세상 모든 지식과 지혜와 놀이를 담고 있는 듯한 작은 네모판에. 저마다 귀에 긴 줄의 리시버를 꽂은 품이 영락없는 와이어드맨, 미래의 사이보그 같다. 머지않아 그것은 얇은 시곗줄이나 날렵한 안경이 되어 우리 몸에 걸쳐지겠지. 끝내는 극소형 칩이 되어 몸속에 심어지거나 귀 뒤에 붙여져 더 이상 잃어버릴 염려도 없게 될 것이다. 허공에 뜬 홀로그램을 손가락으로 쉭쉭 눌러 게임을 하고 검색도 하고. 가상현실 속에서 연애도 사업도 전쟁도 미리 해보고. 섹스도, 하는 생각에 이르자 찌르르 몸에 야릇한 쾌감이 온다. 실전에서는 그만큼 시행착오가 줄겠지. 그걸 이용해 연애 코치나 해볼까. 이 만능 네모판과 함께 자라난 우리 신인류는 게임하면서 공부도 하고 친구 전화도 받고 엄마 잔소리도 소화해 내고…… 한꺼번에 서너 가지 일을 척척 해낼 수 있는데 누나는 아날로그 끝자락에 걸친 세대라서 그런가. 지금 세계 최고의 보급률을 자랑하면서 인구의 70퍼센트가 이 똘똘한 네모판에 같이 엮이어 있는데. 바야흐로 도래한 거다. 온 국민의 정보화 시대. 단군 이래 처음 맞는 경사가 아닐까.

오른쪽의 대학생 형이 빠진 곳은 '이사만루 2013', 왼쪽의 여대생 누나는 '다함께 차차차.' 손놀림을 보아하니 둘 다 나보다는 한 수 아래다. 앞에 앉은 30대 남자는 무엇을 찾고 있는지 충혈된 눈알을 굴리고 있고 ? 분명 구인 구직 사이트를 들락거리는 실업자인지도 - 그 옆의 40대 남자는 확대된 신형 네모판으로 부동산 경매 사이트에 들어가 있다. 신혼의 풋내기 주부는 검색창에 '된장찌개 끓이기'를 치고 있을지도. 책을 든 사람은 단 한 명. 공인중개사 기출문제집을 든 중년 아저씨.

옥수역에서 만난 누나는 웬일로 상기된 얼굴이다.

얘, 구름 속 주홍이 불꽃이 되었다 연꽃이 되었다 하는 거 봤니.

그게 무슨 소리야, 누나. 뜬금없이.

모처럼 데이지를 손에서 내려놓았더니 글쎄, 지상 구간에서 그게 보이는 거야. 난생 처음 알았어. 지는 해가 그런 모양을 띨 수 있다는 걸.

누나는 눈을 아련하게 뜨고 회심의 미소를 지으며 말을 잇는다.

절대 후회하지 않을 거야. 데이지가 없어 일자리를 잃는다 해도, 다시는 남자를 만나지 못한다 해도. 오랫동안 유보되었던 자유가 파도처럼 밀려오는 것 같아. 내 몸을 묶고 있던 사슬이 우두둑 끊어지는 느낌이랄까.

4년 전 처음 이 네모판이 손에 들어왔을 때 누나는 두 가지 모순되는 감정에 시달렸다고 한다. 내 눈에는 그저 신기하고 앙증스럽기만 하더구먼. 술 담배나 커피처럼 그저 소비품으로 보면 되지. 온 국민이 귀한 시간을 아낌없이 투자해 주면 왕창 돈 버는 사람이 생겨나 세금도 많이 걷힐 거고 그럼 복지도 좋아져 우리나라 좋은 나라 될 텐데. 모두가 한 코에 꿰어져 있어 다스리기도 쉬워질 거고. 그해는 K와 사귄 지 3년째 되던, 둘이 한창 죽고 못 살던 때였는데 누나는 물건을 받자마자 내게 문자를 보냈다.

신통한데 묘한 불안감을 주네. 너무 똑똑해서 내가 부리기보다는 부림을 당할 수도 있겠다는.

자칫하다가는 '거기에 데이지', 싶어 누나는 그것에 '데이지'라는 이름을 붙였고 우리집 네모판은 다 그렇게 불렸다. '데이지'의 꽃말대로 '겸손과 순수' 그 자체였으면 얼마나 좋으랴. 그 뒤로 그것은 어느새 머리꼭대기까지 올라와 누나의 여왕이 되었다. 여왕의 명령은 시도 때도 없이 떨어져 누나는 이른 새벽 지방에 있는 상사의 상가로 달려가야 했고, 주말 한밤중에 일산 큰누나 집까지 총알처럼 날아가야 했다. 해외 출장 가는 통역사 누나 대신 조카를 돌보기 위해서였다. 그것까지는 괜찮았다. 헌데 데이지의 등장으로 K와의 사이에 통신수단은 최첨단을 달리고 있었지만 연인 관계는 왠지 파국을 향해 치닫고 있었다.

누나와 나는 대교 한 정거장 앞에서 내려 강변길을 걷는다. 어릴 때 누나와 함께 겨울이면 고니랑 물병아리를 찾아다니던 길. 마치 전생에 걸었던 것처럼 아득하게 느껴진다. 묵은 갈대 줄기들 사이로 구름 속 주홍의 모양은 정말 시시각각 바뀌어 간다. 바람은 겨우내 뒤엉킨 갈대 머리를 빗질해 주고, 까치집이 들어선 앙상한 나뭇가지 위에는 하얀 조가비 같은 반달이 떠서 풍경을 완성시킨다. 강 한가운데 가느다란 모래섬에는 큰고니 가족이 두런두런 모여 앉아 시베리아로 떠날 채비를 하고 있다. 누나가 손수건을 눈으로 가져간다. 갑자기 울컥해졌나. 활짝 편 고니의 날개를 싯누렇게 물들인 노을빛 때문인지, 서로 목을 감고 있는 물병아리 한 쌍의 기나긴 애무 때문인지, 알 수가 없다.

언제나 새벽이면 눈도 뜨기 전에 누나 머리맡에서는 딩동, 소리가 났다.

자기야, 잘 잤어? 꽃샘추위래. 두꺼운 코트 입고 나가. 지난번에 내가 사준 베이지색.

성가셔서 씹어버릴까 하다 누나도 몇 자 띠리리 날린다.

알았어. 내가 알아서 챙길게. 염려 놓으셔.

자기 옷장의 목록까지 다 꿰고 있는 7년 연하의 애인을 그런 이유로 내칠 올드미스는 없다. 데이지를 든 김에 메일상자를 열어보고 뉴스 헤드라인을 손가락으로 스륵스륵 넘겨본다. '모 인기 강사 논문표절로 여론에 뭇매' 라는 제목을 기어이 클릭해 미소를 지으며 다 읽어낸다. 트위터와 페이스북도 들어가 봐야 직성이 풀린다.

출근 길, 서로 몸이 닿을까 팽팽한 긴장감이 도는 전철 안에서도 딩동 소리. 겨우 몸을 비집어 어떤 남자 등판에 데이지를 대고 확인한다.

12시 시청 앞에서 만나 점심 같이 해. 감자탕 싸고 맛있는 집 검색해 뒀으니까. 머플러 꽉꽉 동여매고 나와.

이 남자 정말 못 말려, 짜증이 나지만 누나는 점잖게 대응한다.

무역 회사는 점심시간도 업무의 연장이야. 우리 시계는 파리에 맞춰져 있어.

오후 다섯 시 반. 하루쯤 남자에게서 놓여나고 싶은데 문자는 득달같이 와 있다.

오늘 저녁 빨리 먹고 위대한 개츠비 보러 가자. 그 소설 읽었댔지? 위대한 누나. 그 따분한 걸 어떻게 다 읽으셨담. 난 다섯 장도 못 읽고 덮어버렸는데.

원망스런 눈길로 데이지를 노려보는 누나. 하긴 술도 담배도 자동차도, 즐거움과 편리함을 주는 것들은 고통도 함께 안겨주지. 게다가 태고의 수액을 그대로 간직한 인간은 무엇이든 손에 쥐면 사냥하던 시절의 흥분과 쾌락을 쫓기 마련이고 그것은 전략 직전까지 계속된다. 그리하여 언젠가는 초기 화면에 이런 메시지가 뜨게 될지도.

'여왕은 당신의 생명을 단축시킬 수도 있습니다.'

아무튼 누나는 그날 저녁 몇 번이나 K와 대단한 문자를 주고받고서야 만나게 된다.

자기 지금 어디야? 24시에서 오른쪽으로 꺾어지라니까. 외할매 감자탕, 안 보이는데. 쑥 들어와. 골목 깊숙이 박혀있지. 감자탕 집은.

말없이 최대한 빨리 감자탕을 입에 쑤셔 넣고 두 사람은 종종 걸음으로 명동 롯데 시네마로 향한다. 아뿔싸, 만원사례. 커피숍, 콘센트 가까운 자리를 찾아 앉자마자 둘은 애니팡 삼매경으로.

자기야, 콤보가 쌓이지도 않았는데 왜 무조건 폭탄이니. 콤보가 끊어지는 건 못 참아. 음악소리 안 들려? 리듬을 타야 해. 오르가즘 자아내는 소녀시대 목소리 들어야지.

지금 와서 누구를 탓하랴. 마흔이 내일모레라는 위기의식에 누나는 스마트 중독자인 그에게 싫은 소리 한 번 하지 못했다.

모든 건 내 잘못이야. 우리 사이에 짜릿한 잠자리에 대한 기억은 있을지언정 가슴을 뛰게 하는 책 한 권 같이 읽은 기억이 없다는 것도. 새들이 날개 편 모습이나 좋은 그림, 또는 음악에 가슴 설레 본 적이 없다는 것도. 오로지 데이지가 던져주는 놀이와 부스러기 잡동사니 콘텐츠를 성찬으로 알고 게걸스레 먹었어. 그러고도 난 다 써버려 찌그러진 치약 튜브야.

누나는 엠티 갈 때 건너다녔다는 대교 중간쯤에 서서 하류를 바라보며 자책을 한다. 이럴 때는 달래는 수밖에.

아니, 억대 도박을 하는 것도 아닌데 과민하게 구네. 때론 네모판이 얼마나 위로가 되는데. 난 재수에 실패하곤 모든 걸 포기하려 했는데 여자친구 문자 보고 일어선걸. '입시는 좁아도 입세(入世)는 넓다.' 그날 친구의 살갗이 내 가슴에 닿는 느낌이었어. 게다가 부스러기 잡동사니 콘텐츠라니. 엄청난 대작도 희미한 한 줄의 광맥, 단 하나의 이미지에서부터 비롯된다는 거 몰라? 좋든 나쁘든 인간은 이렇게 앞으로 나아가는 거야. 또 잦은 문자가 뭐 어때. 연상의 애인에게 심리적으로 의지하는 건 자연스러운 일 아냐. 그렇게 사는 거지. 뭐 있어? 어차피 누나도 폐인인데 폐인끼리 그냥 얽혀지면 될 것을.

순간 눈썹이 꿈틀거리고 코가 실룩거리더니 험상궂은 괴물로 변한 누나의 얼굴.

야, 삼수생 주제에 웬 개똥철학, 제 머리부터 깎지 그래.

그런 나를 누나는 왜 증인 삼으려 한담. 엠티 갈 때 건너다니던 대교 중간쯤에 서서 누나는 눈을 가늘게 뜨고 다시 아련한 표정을 짓는다.

이 다리만 건너면 저기 내 젊음이 기다리고 있을 것만 같아.

연무가 빛을 다 흡수한 때문인지 서산의 해는 알맹이만 남아 갓 세수한 듯 말쑥한 얼굴이다.

어쩜, 해가 꼭 S와 농활 가서 보았던 이장네 늙은 호박 같아.

누나의 입에서는 탄식이 이어진다.

지금도 눈에 선해. 우체국에 가서 내게 끊임없이 편지를 띄우던 S의 모습. 열흘이 넘고 한 달에 되어도 오지 않는 답장을 진득하게도 기다리던. 내가 삐삐를 꺼놓은 날이면 집 앞 버스 정거장에 하염없이 서 있었지. 난 거기에 질색해서 팽 돌아서고.

참 어느 시대 얘기인지. 나는 마지막으로 누나 마음을 떠본다.

데이지가 그래도 애틋한 연인의 마음을 전해준 적도 있지 않아?

누나의 표정이 환해진다.

있었지. 처음에는 단 두 줄의 정갈한 하이쿠가 떠 있었어.

누나, 가을을 같이 깨물고 싶어. 우리 고향집 밤 보낼게./ 누나 품은 정말 따뜻해. 나보다 햇볕 쬔 햇수가 더 많아서인가.

k의 묵은 문자를 읊어대던 누나가 고개를 젓는다.

아냐. 제일 못 참겠는 건 이 네모판에는 도무지……

입술이 파르르 떨리더니 누나는 겨우 말을 잇는다.

그, 그리움이 고일 새가 없다는 거……

나는 시치미를 떼며 능치듯 맞받는다.

'그림이 고운 새' 저기 있네. 시베리아 고니.

그러고는 질끈 눈을 감는다. 포물선을 그리며 퐁당 물속에 내리꽂힐 여왕을 차마 볼 수가 없다. 잠시 후 눈을 떴을 때 누나는 여전히 바바리 주머니에 손을 찌르고 강물을 노려보며 서 있다. 강물 위에 덩실 뜬 주홍의 덩어리가 물결에 잘디잘게 부서지면서 튼실한 기둥 모양으로 바뀌어 간다.

아니, 억대 도박을 하는 것도 아닌데 과민하게 구네. 때론 네모판이 얼마나 위로가 되는데. 난 재수에 실패하곤 모든 걸 포기하려 했는데 여자친구 문자 보고 일어선걸. '입시는 좁아도 입세(入世)는 넓다.' 그날 친구의 살갗이 내 가슴에 닿는 느낌이었어.

박찬순

경북 영주 출신으로 2006년 『조선일보』 신춘문예에 단편소설 「가리봉양꼬치」로 당선 등단. 2009년 소설집 『발해풍의 정원』 출간. 2011년 한국문화예술위원회 지원 아이오와 국제창작프로그램(IWP) 참가. 2012년 서울문화재단 문학창작기금 수혜.

bohemia5@hanmail.net

후 보 작

방 현 희

스마트소설

어이없는 사랑입니다

그녀 이름을 '어이'라고 하자. 그녀는 워낙 특성이 없어서 대부분의 사람들이 '어이!'라고 부르기도 했지만, 하는 일마다 어이없는 일을 저지르곤 해서 붙은 이름이기도 하다. 공부를 특출하게 하지 못한 것은 물론이고, 직장이라고 언제 문 닫을지 모르는 조그만 건축사무소에서 사무보조를 보고 있지만 야무지지 못한 일솜씨 때문에 조만간 해고통지를 받을지도 모른다는 예감으로 출근 때마다 오너의 표정을 살피는 게 버릇이 되었다. 그렇다고 남의 표정이나 기분을 민감하게 읽어내지도 못하면서 말이다.

그런 어이가 생애 첫 해외여행으로 중국에 갔다가 돌아오는 공항에서 공안에게 걸렸다. 그녀는 지금 입을 열라는 추궁을 받고 있다. 검색대를 통과하기 직전에 그녀가 병을 기울여 무언가를 마셨기 때문이다. 공안이 높고 위협적인 어조로 입을 열라고 했지만 그녀는 더욱더 입을 굳게 다물었다. 중국어와 영어를 못 알아듣는다는 시늉으로, 더하여 벙어리인 양하면 검색대를 통과하게 해줄지도 모른다는 기대에 매달려 필사적으로 입을 꾹 다물고 고개만 저었다. 잠시 뒤에 한국인 통역관이 달려왔다. 입을 열어서 좀 전에 먹은 게 뭔지 이 자리에서 확인하지 않으면 마약 탐지 검사를 받아야 하고 그래도 안 되면 공항수색대로 가야 한다고 말했다.

어이는 눈물을 글썽이며 입을 열었다. 그녀의 입속에는 살아 있는 다섯 마리의 올챙이가 맹렬히 파닥이고 있었다. 공안과 통역관은 어이가 없어 혀를 차고 한숨을 내쉬었다. 생물을 갖고 비행기에 탑승할 수 없다는 것을 몰랐습니까? 그녀는 손바닥 위에서 바둥거리는 올챙이들을 들여다보며 뜨거운 눈물을 흘렸다. 소중한 분의 선물이에요, 꼭 가져가야 해요. 참, 별 모자란 사람을 다 본다는 표정으로 어이의 눈물과 손바닥을 번갈아보던 통역관이 어디선가 종이컵을 가져와 올챙이를 쓸어담더니 다시 어디론가 가져갔다. 화장실이나 쓰레기통에 버려질 것이다.

어이는 검색대를 통과하면서 마치 생이별을 하는 사람마냥 울음을 꾹꾹 누르다가 결국 딸꾹질까지 곁들여 조금씩 울었다. 비행기가 이륙하자 속이 울렁거리고 귓구멍이 꽉 막혀왔다. 올챙이들이 그녀의 뱃속에서 명치를 걷어차고 있거나 거슬러 오르려고 힘차게 발버둥치다가 급기야 귓구멍까지 올라와 박힌 것도 아닌데, 이상한 통증이 가시지 않았다. 그녀는 올챙이들을 꿀꺽 삼켜버릴 걸 그랬다는 후회를 했다. 그랬다면 적어도 그 소중한 것이 버려지지는 않았을 것이며 여기까지 오는데 들인 꿈과 시간이 깡그리 버려지지는 않았을 것인데 말이다. 그랬다면 이 통증을 버리려고 애쓰지 않아도 될 텐데 말이다.

어이는 몇 달 동안 꿈을 꾸었다. 폐자재가 널린 공터가 내려다보이는 사무실 구석, 거기 그녀의 자리에서 허공을 바라보며 통장에 쌓여가는 예금을 생각했다. 한 달 분만 더 쌓이면 여름휴가에 맞춰 중국 청도에 다녀올 수 있을 것 같았다. 청도에는 그녀가 사랑했던 한 남자가 살고 있었다. 그 남자는 어이가 처음 취직했던 작은 건축회사의 현장 소장이었다. 그는 지금 개발이 한창인 청도에 가서 한국식 연립주택을 짓고 있었다.

마침내 청도에 간 어이는 남자를 만나 함께 며칠을 보냈다. 그리고 마지막 날 시장거리를 걸었다. 어이와 남자는 길가 좌판에서 파는 올챙이를 보았다. 두 사람은 올챙이 어항 앞에 쪼그리고 앉아 둘이 키우던 사무실의 금붕어 이야기를 했다. 그 금붕어를 버려두고 그는 청도에 왔고, 그녀는 다른 건축사무소로 옮겼다. 그 금붕어는 사무실 사람을 찾아온 사람 중 하나가 가져왔겠지만 누구에게 준 것인지 잊었고 소유를 확실히 판단하지 못했던 그녀는 그걸 가져가겠다는 말을 꺼내지 못하고 떠나오고 말았다. 어이없을 정도로 우물쭈물하는 게 병인 여자였다. 애정을 갖고 돌보는 사람이 없는 금붕어는 금세 버려졌을 것이다.

남자는 어이에게 올챙이를 사줬다. 잘 키워야 한다는 말은 하지 못했다. 지금은 올챙이지만 잘 키우면 황금비늘 찬란한 금붕어가 될 것이란 말도 하지 못했다. 그것이 공항의 검색대를 통과하지 못할 것이라는 것도 말하지 못했다. 두 사람은 다 잊었다. 상인으로부터 올챙이를 받아들고는 진행 중인 몇 군데의 연립주택을 다 짓고 한국에 돌아올 때면 금붕어가 되어 있을 거라는 상상으로 바빴으니까. 올챙이가 자라 무언가 될 텐데 그게 금붕어가 아니라 개구리일 것이라는 점은 추호도 생각하지 못했으니까.

어이는 비행기의 궤적을 따라 헤엄쳐 올 것만 같은 올챙이를 상상하며 비행기에서 내렸다. 마침 하늘에서 갓 태어난 올챙이일 성싶은 빗방울이 뚝, 뚝 떨어졌다. 그녀는 이마에 떨어져 또르르 구르는 빗방울에서 입속 가득 다섯 마리의 올챙이가 파닥였던 감촉을 기억했다.

어이없는 사랑입니까?

어이는 몇 달 동안 꿈을 꾸었다. 폐자재가 널린 공터가 내려다보이는 사무실 구석, 거기 그녀의 자리에서 허공을 바라보며 통장에 쌓여 가는 예금을 생각했다. 한 달 분만 더 쌓이면 여름휴가에 맞춰 중국 청도에 다녀올 수 있을 것 같았다.

방현희

2001년 『동서문학』으로 등단. 장편소설 『달항아리 속 금동 물고기』 『달을 쫓는 스파이』 『네가지 비밀과 한가지 거짓말』, 소설집 『바빌론 특급 우편』 『로스트 인 서울』, 산문집 『오늘의 슬픔을 가볍게, 나는 춤추러 간다』.

hyounnee@hanmail.net

후 보 작

신 중 선

스마트소설

사랑과 식욕과의 상관관계

"따르릉."

설거지하던 손길이 멎은 것과 재빠르게 마루로 뛰어간 동작은 거의 동시에 이뤄졌다. 붉은 고무장갑에서 떨어진 물방울이 A의 동선을 따라 마룻바닥을 길게 적셨다. 탁자 위의 휴대전화를 내려다보는 순간 A의 미간이 깊게 파인 이유는 간단했다. 액정에 떠 있는 번호가 B의 것이 아니었기 때문이다. 그럼에도, B가 다른 전화기를 이용할 수도 있지 않을까 하는 일말의 기대가 A로 하여금 고무장갑을 벗게 만들었다. 그 기대라는 게 헛것에 가깝다는 걸 A는 알고 있다. 하지만 고대하는 마음을 제어할 수 있을 정도라면 A는 사랑에 빠져있는 사람이 아닌 것이다.

언제나 특대호만 사용하는 덕에 A의 손은 고무장갑에서 수월하게 빠져나온다. 손가락이 고무장갑을 벗어나는 그 짧은 순간에도 A의 가슴은 두방망아질을 하고 있었다. A는 "네. A입니다" 이렇게 서두를 놓으려고 했다. 그러나 혀가 위쪽 앞니에 가 닿으려는 찰나 명랑한 음성이 선수를 치는 통에 A의 혀는 멈칫거릴 수밖에 없었다.

"전국은 지금 엘티이 열풍……."

냉큼 통화종료 버튼을 눌렀음에도 A의 혀는 여전히 위쪽 앞니 부근에 머물러 있었다. 바로 이때 물고기에게 먹이를 주지 않았다는 데에 생각이 미친 것은 웬 느닷없는 일이었는지. 어쨌든 A의 머릿속이 그로 인해 갑자기 명징해졌으니 전혀 쓸모없는 것이었다고만은 할 수 없겠다.

A가 수족관 앞에 서자 물고기가 지느러미를 흔들며 다가왔다. 요란하게 반기는 걸로 보아 녀석은 진작부터 이때를 기다렸을 수도 있다. A가 검지 끝을 물 표면에 살짝 갖다 대니 녀석이 풀쩍 튀어 오른다. A의 손끝이 간질, 했다. 수표면에 떠 있던 어린 개구리밥도 덩달아 움찔했다. 오늘도 물고기는 속았다. 먹이인줄 알고 입질을 했던 거다. 어류도 어류 나름이겠지만 통상 물고기의 기억력이 3초라고 하니 이 녀석도 크게 다르진 않을 것이다. 당연히 어제 혹은 불과 일분 전의 일이라도 기억할 리 만무다. 두어 번 더 팔딱이던 물고기가 실망해서 방향을 틀 즈음 A는 얼른 인공먹이를 물 위로 떨어뜨린다. 그것은 고무장갑과 똑같은 붉은색이다. A가 물고기와 벌이는 이상한 유희는 B로부터 사랑받지 못하고 있다는 사실을 깨달았을 때부터 시작되었다.

하나, 둘, 셋, 넷, 다섯. A는 언제나 다섯 알갱이만 준다. 한 알씩 시간차를 두고 떨어뜨리기 때문에 물고기는 먹이가 물에 닿기 바쁘게 입속으로 가져간다. 이때 미세한 소리가 들린다. 톡톡톡톡. 이 소리를 A는 녀석이 먹이를 씹는 소리 혹은 턱을 움직이는 소리로 이해하고 있다. 그것이 무엇이든 수상쩍은 것은 A가 그 소리에 매번 강한 식욕을 느낀다는 점이다. 억제하느라 안간힘을 써야할 때도 있을 지경이니 이에 대한 A의 식욕은 충분히 비정상적이라 할 만하다. A는 언제나 궁금했다. 저 붉은 먹이는 과연 어떤 맛일까.

A가 정성을 들여 기르는 이 물고기는 바삭바삭한 먹이가 아니면 절대 먹지 않는다. 하기야 바닥에 가라앉은 먹이를 보자면 의심스럽긴 하다. 물기를 머금는 즉시 탈색이 되기 때문이다. 허옇게 변색된 먹이는 아무리 물고기라도 먹고 싶지 않을 것이다.

물고기는 제 몫의 먹이를 다 받아먹고도 물러가지 않는다. 아가미를 달싹이며 수조 모서리에 찰싹 붙어 있다. 그 모습이 제법 귀여워 보인다는 걸 녀석은 알고 있는 것일까. A의 눈에 물고기의 그런 태도는 먹이를 더 달라는 의미의 재롱으로 보인다. 그래도 A는 물고기의 요구를 들어주지 않는다. 기다려도 소용이 없다는 걸 물고기가 알게 되는 데에 그리 오랜 시간이 필요하지 않은 이유는 나름대로 학습되어 있기 때문일 수도 있다. 그렇게 보자면 기억력이 3초라는 건 잘못된 기록일 수도 있겠다. 자신의 희망을 포기하는 순간 물고기는 즉각적으로 거품을 생성해냈다. 물고기가 만들어내는 거품은 자기 표현이랄 수 있다. 이 물고기는 의사표시에 매우 적극적인 편이다. 그건 A가 갖고 있지 못한 덕목이다. 기존에 떠 있던 거품에 새로 생긴 거품이 더해지면서 수표면의 한 부분이 커다란 거품덩어리로 변했다.

휴대전화는 여전히 침묵 중이다. 침묵을 고수하는 전화기는 고집불통으로 보인다. 자기 본연의 역할도 수행하지 못하는 저것이 통화수단으로서의 기계가 맞나 싶을 정도다. 그에 비하면 물고기는 본능에 충실한 편이다. 아양 떨고 토라지고 투정을 부리기도 한다.

A의 손가락이 꼼지락대기 시작한다. 손가락은 움직이고 싶어 안달이 났다. A의 손가락은 B와의 소통을 원하고 있다.

"내 손가락은 자존심이 없어."

A는 제 손가락을 나무란다.

A의 시선이 문득 물고기 먹이를 향했다. 그 눈은 이렇게 말하고 있다.

"나는 저것이 먹고 싶다!"

물고기 먹이에 대한 식욕이 거세지자 A는 현관문을 벌컥 열어젖힌다. 마당에는 담장이 이파리들이 너저분하게 널려 있다. 태풍을 견디지 못하고 줄기에서 떨려나간 것들이다. 이파리를 쓸어야 했지만 A의 손은 결코 비질을 원하지 않고 있었다. 그 손은 오로지 B와의 교류만을 바라고 있을 뿐이다. 손가락에 굴복당하고 싶지 않은 A는 뭐든 해야 했다. 그래서 물고기 먹이를 먹기로 했다. 하나, 둘, 셋, 넷, 다섯. 다섯 개의 붉은 알갱이를 A는 시간차를 두고 하나씩 집어먹었다.

다 먹고 났을 때 A는 자신의 늑골과 견갑골이 근질거린다는 사실을 알게 되었다. 먹이를 먹은 이후인지 그전부터 그랬는지는 알 수 없었다. A는 손가락을 구부려 가려운 부분을 긁기 시작했다. 긁적이면서 중얼거린다.

"지느러미가 생겨날 모양이야."

신중선

1993년 『자유문학』에 「어느 보일러공의 특별한 하루」로 신인상에 당선되었다. 장편소설 『하드록 카페』 『비밀의 화원』 『돈워리 마미』가 있고 소설집 『누나는 봄이면 이사를 간다』 『환영 혹은 몬스터』가 있다.
printedpaper@naver.com

후 보 작

안 영 실

스마트소설

띠뱃놀이

명자는 앉은 자리가 불편했다. 옆자리 사내가 졸면서 자꾸 머리를 기대왔다. 사내는 몸이 점점 기울어지다가 머리로 명자의 어깨를 툭 치고, 놀라서 바로 앉곤 했다. 하필이면 아픈 오른쪽 어깨라서 명자는 자꾸 몸을 피했다. 전철이 레일 위를 굴러가는 소리가 바람달에 원당할미를 부르는 먼 풍장굿 소리처럼 들려왔다. 둥기 동당당 둥기 동당당……

시장에 헌옷 가게를 차린 것은 이 년 전이었다. 십 년 동안 부은 보험금은 사기 당해 날렸다. 아침부터 밤까지 일에 쫓겨, 보험 모집원에게 돈을 건넨 것이 잘못이었다. 같은 동네 사람인 여자는 여럿의 돈을 먹어치웠지만, 명자처럼 전세방 오백만 원이 가진 전부였다. 전 재산이 날아갔지만 명자는, 돈이 속였지 사람이 속이려고 했겠는가 하며 씩씩하게 털고 일어났다. 월세였지만 그럭저럭 혼자 생계는 해결이 되었다. 그런데 작년부터 명자는 관절염에서 시작된 통증이 전신으로 퍼졌다. 삶은 애쓰면 손에 쥐어지는 기분이라도 들지만 통증은 그렇지 않았다. 원인을 알 수 없는 통증으로 잠을 설쳤고, 이제는 밥을 끓여먹기도 힘겨웠다. 그렇다고 제 가족도 무거울 아들의 숟가락에 늙은 몸까지 얹을 수는 없었다. 명자는 더 이상 물러설 수 없는 곳에 선 기분이었다.

명자는 인천에 있는 아들의 집으로 가는 중이었다. 고무나무 화분과 압력밥솥을 가져가라고 할 참이었다. 화분은 신혼 때부터 수십 번 이사하면서도 끌고 다녔다. 선 자세가 무덤덤하고 두터운 잎이 참을성 있어 보이는 나무였다. 그 나무와 함께 명자는 많은 세월을 견뎌왔다. 명자는 이번 일을 꼼꼼히 준비했다. 예순아홉 해의 삶이었지만 정리할 물건은 별로 없었다. 낡은 텔레비전과 냉장고, 옷이며 스텐 식기들은 고물상에서 가져갈 것이었다. 아들이 생일선물로 주었지만 아끼고 쓰지 않은 압력솥과 화분 하나가 그녀에게 남은 전부였다. 그런데 정리되지 않는 것이 있었다. 아무리 기다려도 원당할미의 대답이 없었다. 이만큼 참았으면 되었다고, 그토록 애썼다면 절망도 당연하다며, 그만 삶을 놓아도 된다고 이제 고개를 끄덕여줄 때가 되었건만 돌아앉아 말이 없었다. 그녀는 다시 원당할미를 불렀다. 이제 그만 쉬게 해주시요, 그만 끝내려니 용서하시고요.

둥기 동당당 둥기 동당당…… 당골네의 북소리가 전철을 끌고 노량진역을 지나가고 있었다. 한강의 뜨거운 노을이 전철 안을 후끈 데웠다. 명자의 야윈 두 뺨도 붉게 물들었다. 격포항에 신접살림을 차렸을 때, 식탁까지 더운 노을이 길게 들어오면 남편은 뒤에서 끌어안곤 했다. 용머리 절벽 해안에서 둘이 앉아 낚시하던 기억이 떠올라서 명자는 피식 웃었다. 그렇게 조곤조곤 살면 되었을 것을, 남편은 조기를 잡아 큰돈을 벌겠다며 위도로 건너가자고 했다. 이태가 되던 해의 겨울, 남편의 배는 돌아오지 않았다. 아들은 두 살이었다. 그때부터 명자는 닥치는 대로 일을 했다. 하루하루 연명한 삶이었지만 커가는 아들이 위안이 되었다. 원당할미, 이만하면 내 삶도 저 노을 못지않게 붉다고 할 수 있겠소, 그런가요?

둥기 동당당 둥기 동당당……

남편이 죽은 해에 명자는 위도의 띠뱃놀이에 초대되었다. 당골네는 띠풀과 짚, 싸리나무로 엮어 만든 띠배에 소원문과 제웅을 넣었다. 명자와 아는 처지였던 당골네가 남편의 제웅도 함께 배에 실어주었다. 에이야 술배야 술배로구나! 당골의 노래는 오색기와 함께 나부꼈다. 우리 배 망자가 걸렸구나아, 이놈의 조기야 어디 갔다가 이제 왔냐, 에이야 술배야 술배로구나…… 당골의 장삼자락이 돛대를 향해 부풀었다. 명자는 짚으로 만든 제웅의 가슴에 아들 성공을 기원하는 소원문을 꼭꼭 접어 밀어 넣었다. 남편 없이 헤쳐가야 하는 삶보다 더 무거웠던 소망은 자식 하나 잘 키우는 일이었다. 그때부터 명자는 위도의 수호신인 원당할미를 믿고 의지했다. 명자야, 잘 하고 있구나, 원당할미는 가끔 명자를 격려해주었다. 둥기 동 당당 둥기 동당당…… 전철은 풍장굿 소리를 내며 명자를 바다로 데려가고 있었다.

옆자리는 여전히 졸고 있어, 명자의 어깨는 점점 더 아파왔다. 사내를 흘끔 쳐다보았더니 검정 티와 청바지를 입은 청년이었다. 아들도 그런 차림새를 즐겨했었다. 청년은 까칠한 턱에 수염이 자랐고, 벌린 입이 밥도 못 먹은 얼굴로 보였다. 명자는 쌀이 없어 보름을 굶던 시절을 떠올렸다. 친정에 말하면 해결되었겠지만 자존심 때문에 말하지 않았다. 명자가 굶는 동안 누구도 알아차리지 못했다. 그때 명자는 사람이 자존심 때문에 굶어 죽을 수도 있다는 것을 알았다. 청년은 머리를 기댈 곳이 필요했다. 명자는 어깨를 슬며시 내주었다. 놓일 곳을 찾은 청년의 머리는 더 이상 명자의 어깨를 때리지 않았다. 졸고 있던 사람은 청년이 아니라 명자 자신이었다. 아들 같은 청년에게 어깨 하나 내주지 않았으니.

그러고 보니 건너편에 앉은 노인네도 교복 입은 학생도 모두 배고픈 사람들처럼 보였다. 명자는 문득 헌옷 가게를 처분해서 밥집을 내면 어떨까 궁리했다. 끼니가 힘겨운 사람들에게 밥을 해주고 싶었다. 공짜라면 자존심 때문에 오지 않을 사람들도 천 원을 낸다면, 떳떳이 밥을 먹을 수 있지 않을까? 천

원으로는 쌀값도 어렵겠지만, 시장의 시레기를 거두어 말려 된장국을 끓이고 반찬은 소박하게 세 가지를 만들 참이었다. 명자는 관절염 때문에 밥하기 어려운 손의 사정이며, 천 원 밥집을 유지할 돈이 수중에 없다는 문제는 계산하지 않았다. 그것이 원당할미의 대답이라는 것을 알았기에, 띠배에 띄울 새로운 소원문이 생긴 명자는 마음이 둥실 떠올랐다. 둥기 동당당 둥기 동당당…… 풍장굿 소리는 점점 빨라졌다. 그리고 바다는 성큼 가까워졌다.

안영실

1996년 『문화일보』에 중편소설 「부엌으로 난 창」으로 당선 등단.

후 보 작

윤 혁 로

스마트소설

장선생

졸업식 때 깔 새끼: 산적, 대마왕, 처키, 가가멜, 알모씨(알다가도 모를 씨발놈)

화장실 문 안쪽에 적힌 살생부에 금년에는 '진돗개'가 빠져 있다. '진돗개'는 수업시간에 줄창 진도만 나간다 하여 고딩 싸가지들이 자신에게 붙여준 별명이다.

변기에 걸터 앉아 살생부를 바라보며 항문에 힘쓰던 장 선생은 묘한 기분이 들었다. 매년 졸업식이 끝나고 교문을 나서기 전, 놈들이 처단하고 가야 할 청문고 五賊 명단에서 자신이 빠진 적은 거의 없었다. 살 수 있게 되어 기쁜 것보다, 이제는 문 지키기도 힘들어 보이는 쇠약한 진돗개를 살생부에서 덜어 낸 것 같아, 오히려 놈들의 배려가 노여웠다.

3-2반 교실 모퉁이를 돌던 장 선생은 밭은 목에 마른침을 삼켰다. 뒷목이 굳어져 오고 찌릿찌릿한 기운이 나쁜 소문처럼 머릿속을 빠르게 퍼져 가는 느낌에 머리칼이 곤두섰다. 이

런 전조 증상 뒤에는 열에 아홉, 간질병이 자신을 덮쳤다. 올 들어 벌써 세 번째다. 화급한 마음에 가까운 학생 화장실로 잰 걸음을 놓았다. 먼저, 넥타이를 느슨하게 풀고 항상 상의 안주머니 속에 넣고 다니는 가죽끈으로 화장실 손잡이에 목을 걸었다. 정신을 놓고 넘어갈 때 뇌진탕을 막기 위해. 잠시 후, 자신의 머릿속은 점령군처럼 들이닥친 전기 불꽃들에 의해 파국을 맞을 것이다. 입에 게거품을 뿜으며 흰 사발처럼 눈알을 뒤집고, 한동안 속절없이 정신줄을 놓을 것이다. 정신줄을 거두어 제 자리로 돌아올 때면, 뇌의 한 모퉁이가 무너져버린 느낌과 함께 생의 마지막 날을 맞는 듯한 기분이 들 것이고.

"아 씨발! 진돗개 땜에 존~나 짜증 나."

"왜? 진돗개한테 또 물렸냐?"

"땡 몇 번 깐 것 같구, 존나 지랄하잖아."

"야! 씨발 개겨. 빡세게 들이대면 꼼짝 못해?"

"그건 저 새끼 말이 맞어. 암만 잘못 했어도 우리한테 손댔다가는 담탱이(담임)이라도 좆된다. 스마트로 찍어 한 방에 훅 보낼 수 있어."

왕싸가지 대여섯 녀석이 화장실에 모여 삶은 개고기 뜯듯이 자신을 물어 뜯고 있었다.

"야! 진짜 에바야."

왕싸가지 녀석의 다음 소리가 먼 산의 메아리처럼 들리며 장 선생은 자신의 머릿속을 밝히던 알전등이 스르르 꺼지는 느낌이 들었다. 수술대 위에서 마취의가 '셋'을 세라 했을 때 '셋'까지 이르지 못하고 '두우을~'을 입에서 우물거리다 정신이 가물거렸던 때와 같이.

얼마 후 정신은 돌아 왔지만 목에 걸린 가죽끈에 의지한 몸은 오뉴월 쇠불알처럼 축 늘어져 천근만근이고, 발작을 하는 동안 말려 들어간 혀는 펴지질 않았다. 이 순간 장 선생의 감정은 음영과 밀도에 있어 매번 차이가 없었다. 생의 마지막 날을 맞는 듯한 그 느낌.

문을 열고 나서니, 화장실 안은 희뿌연 골안개가 피어 올라 자욱했다. 너구리 대여섯 마리는 족히 떼죽음을 당할 형국. 삶은 개고기를 뜯던 왕싸가지 녀석들 짓이었다. **'학교에서는'**, **'학교에서 만큼은'** 담배를 피우지 말자는 금연교육이 연중 이루어지지만 소 귀에 경읽기였다. 오죽하면 전 달, 서울 시내 고등학교 학생 부장 회의에서 **'선생 때리는 학생'**은 타학교에 전학시킨다는 규정과 함께, 아예 교내에 흡연실을 만들어 주자는 의견이 나왔을까. 정말 웃기는 세상이라는 생각이 들었다.

시계를 보니 3교시 수업은 벌써 절반이 지났다. 선생이 없는 2학년 8반 교실에서 악머구리 끓는 소리가 나지만 간음하다 배우자에게 들킨 심정으로 교실에 들어설 수는 없었다. 먹구름 사이로 외가닥 햇살이 비치고 있는 운동장가의 스탠드에 주저 앉았다. 심한 발작으로 녹작지근해진 사지에 장마 끝물의 음습한 기운까지 스며들어 온몸이 흐물거렸다. 앉아 있지만 상체는 스푼 위에 푸딩같이 좀처럼 중심을 잡을 수 없었다.

두 달 전 옮긴 병원의 신경외과 과장은 환자의 병에 대해 가능성의 극한을 제시함으로써 일어날 수 있는 모든 가능성에 대비하는 논법을 구사하는 사람이었다.

"욕조에서 정신을 잃으면 생명을 잃을 수도 있습니다. 심지어는 세면기에서도요. '접시물에 코 박고 죽는다'는 말이 간질 환자에게는 현실일 수도 있습니다. 길을 걷거나 일과 중에 정신을 잃고 쓰러지며, 뇌진탕으로 사망할 수도 있구요."

누구에게나 죽음은 현실의 영역이지만 간질 환자에게 죽음의 세계는 이웃집과도 같은 것으로 의사는 말했다. 장 선생에게 간질병의 증세에 대해 말하는 중에도, 의사는 휴가 중 물것에 물린 자국이 무던히도 신경이 쓰이는 눈치였다. 수시로, 부어 오른 부위에 침을 발라 손으로 문질러 보기도 하고 간호사에게 피부 연고를 가져 오라며 유난을 떨었다. 그러면서도 상대방의 죽음을 말하는 순간에는 표정이 없고 시선은 덤덤했다. 순간, 장 선생은 세상의 어떤 재앙도 자기 손톱에 박혀 있는 가시만큼은 아프지 않다는 사실을 확인하며 깊게 절망하였다.

"근데 실례지만 현재 환자분께서 하시는 일은……?"

"아이들을 가르치고 있습니다."

"생업에 대해 제가 뭐라고 말씀드리기 힘든 상황입니다만 현재 환자분의 상태로 교직 생활은 무리입니다."

"그러면 저에게 무리 아닌 직업이 있을까요?"

"……."

의사의 침묵은 생존 외에는 그 어떤 것도 사치라는 것을 의미하는 듯했다.

'화(禍)는 홀로 다니지 않는다' 는 말은 그냥 있는 말이 아니었다.

자기 연민의 우물에 빠져 그 깊은 우물 속 만큼이나 어둡고 음울했던 여름을 보냈던 장 선생은 영락의 계절을 맞았다.

5교시 자기 반에서 '보이지 않는 손' 에 대해 설명하던 장 선생은 머리끝이 쭈볏 섰다. 간질 전조 증상일 것이라는 느낌이 온몸을 훑어 내렸다. 경황없는 중에도 장 선생은 손을 올려 목에 걸, 상의 주머니 속 가죽끈을 확인하고 2층 학생 화장실에서 곧바로 들이닥칠 무례한 점령군을 맞이하기로 결정했다. 1층에 직원 화장실이 있지만 한 계단은 천리였다. 반 아이들에게 '화장실에 잠시 다녀 오마' 말하고 교실 출입문 손잡이를 잡는 순간, 의식이 온몸에서 빠져나감을 느꼈다.

눈을 떴을 때, 장 선생은 보건실에 있었다.

"언제부터였나요?"

지나치게 사무적이며 취조에 가까운 말투였다. 인간적이니 뭐니 하는 거추장스러움을 교장선생은 좋아하지 않았다.

"좀 됐습니다."

"그 몸으로 어떻게?"

"죄송합니다."

"그나저나 걱정입니다. 반 아이들이 장 선생, 바닥에서 거품 흘리며 발작하는 모습을 두 눈으로 다 보았으니 말입니다. 학부모들도 곧 알게 될거구, 이 녀석들 SNS에다 전을 벌여 놓을 텐데, 거참 다른 병 같지 않구……

교장선생은 크게 걱정하였다. 하지만 교장선생이 걱정하는 것은 외부의 시선이지, 장 선생의 건강은 아니었을 것이다.

예정된 불행도 힘들기는 매한가지였다. 힘겹게 메고 있는 질통 위에 벽돌 대여섯 장 분의 불행을 더 올린 형국이지만, 장 선생은 꺾이진 무릎을 펼 수 없을 것 같았다. 잔 매 뒤에 큰 주먹을 맞고도 버틸 만큼 자신은 대차지 못했다.

인간사 '정 각각 흉 각각' 인데 항해 중에 키를 놓고, 눈을 뒤집으며 기함한 함장을 받아 들일 선원이 있을까? 사태를 어떻게 수습하고 또 앞으로 학생들을 어떻게 가르쳐야 할지 난감했다. 우선 종례시간에, 반 아이들에게 오늘 일에 대해 설명해야 할 일이 걱정이었다.

"많이 놀랬지? 선생님이 좀 아프다. 그동안 고3은 아파도 교실에서 죽어야 한다며 너희들을 심하게도 다그쳤는데, 정작 담임은 너희들에게 약한 모습을 보였으니 할 말이 없다. 얘들아! 미안하다."

"선생님! 괜찮아요."

"괜찮아요 선생님."

"내일부터 진도 한 번 빡세게 나가보죠."

"힘 내 라 진 돗 개! 힘 내 라 진 돗 개!"

태성이의 선창에 녀석들이 장 선생의 별명을 연호했다. 유태성은 지난번 화장실에서 '담탱이(담임)을 한 방에 훅 보낼 수 있다' 고 자신했던 녀석이다.

70년대 '하면 된다' 식의 교육을 받고 아직도 그 농담 같은 교육 모토가 내면화되어 있는 장 선생이 '되면 한다'는 요즘 아이들을 가르치는 것은 여간 힘에 부치는 일이 아니었다. 더더욱 성치 못한 몸으로는. 그래서 오랫동안 자신과 녀석들 사이에는 서로 건널 수 없을 것 같은 깊은 강물이 냉연히 흐르고 있었고 지금껏 강 건너에서 장 선생을 바라만 보던 녀석들인데, 입에 거품을 뿌글거리며 찬 시멘트 바닥에 엎드려 있던 담임을 보고 나서는 불쌍한 마음에, 강을 건너는 대 회심이라도 단행한 것일까?

평상시에 '고3이면 쌍방울이 굵어질 대로 굵어진 나이이니 너희 눈에 흐른 눈물은 너희 스스로 닦을 수밖에 없는 거야' 라고 말했는데, 오늘 타인의 눈물까지 닦아주는 녀석들을 보았다. 그것이 집단 최면과 같은 녀석들의 순간적 감정일지라도 장 선생은 녀석들로 인해 막혔던 명문이 뚫리는 것 같았다.

몇 날 밤을 머릿속에서 봄 풀 자라듯이 커 가는 온갖 잡념들로 하얗게 새우다, 새벽녘에서야 아시잠에 들었다. 그도 잠깐, 선잠 속에 나타난 간질 환자 고흐가 광야를 바라보며 데생에 몰입하다, 짐승처럼 발작하는 모습을 보고는 가슴을 쓸어내리며 잠에서 깨어나곤 했다.

"그동안 장 선생님처럼 모범적으로 교직 생활을 해오신 분도 드물 것이라 생각하지만 지금 장 선생님의 건강상태로 교직 생활을 계속 하신다는 것은 무리일 것 같습니다."

어제 오후 교장선생의 말은 사실상 권고 사직이었다.

잠이 남아 있을 것 같지 않아 거실에 나왔다. 멀리 희붐한 어둑 새벽이 북한산 봉우리를 넘는 모습을 보며 소파에 기대어 담배불을 붙였지만 소태 같은 맛에 이내 껐다. 물을 마시기 위해 열었던 냉장고 안에서 아내가 곱게 손질해 놓은 고등어 자반 한 손을 보며, 일상적 삶과 그 소소한 즐거움을 유지하려는 생각을 하던 장 선생은 문득, 가져서는 안 되는 음험한 꿈을 털어내듯 머리를 두어 번 흔들었다.

꺼칠꺼칠한 피부와 떼꾼한 눈으로 유령처럼 출근하는 장 선생의 눈에 학교 게시판의 벽보가 눈에 들어 왔다.

「우리의 천연기념물 진돗개를 우리가 지킵시다」

교우 여러분! 우리 학교에는 오래전부터 천연 기념물 진돗개가 있었습니다. 하루 종일 한 눈 한 번 팔지 않고 집을 지켰으며 목양견의 역할을 맡았을 때에는 엄청난 눈빛 포스와 간지나는 폼으로 비행 양들을 제 길로 들여 놓았습니다. 일진 양들이 뿔로 받으며 저항한 경우도 있었지만 아픔을 내색도 않고 끝까지 일진 양을 양의 무리로 인도하였습니다.

교우 여러분도 이쯤되면 아시겠죠? 우리의 영원한 진돗개 장윤만 선생님이십니다. 그런데 장윤만 선생님은 지병이 있으셨습니다. 선생님은 뇌전증이란 병을 앓고 계신데 그 병으로 선생님은 일과 중에 잠시 의식을 잃을 수도 있다 합니다. 하지만 이 병과 관련하여 장 선생님에게 사직할 것을 권고한다는 것은 부당하다고 생각합니다. 선생님의 병은 전염병이 아닙니다. 선생님께서 일과 중에 뇌전증의 증세가 나타난다면 우리가 보살펴 드리면 됩니다. 그리고 보살펴 드릴 것입니다.

장윤만 선생님을 사랑하는 청문고 전체 학생 일동

장 선생은 흔들리는 자신의 어깨 위로 학생들이 때리는 죽비소리를 들었다. '선생님! 「길없음」 표지판을 만날 것이 두려워, 가던 걸음을 멈추지 마세요.' 라고, 의젓하게 말하고 있었다.

"헐! 간질 걸린 개를 지키자는 건 에바야(황당시리즈야). 나는 반대."

벽보를 보고 돌아서는 어느 고수머리 녀석의 얼음장같이 차가운 말이 죽비소리와 오버랩되는 순간, 장 선생은 식전 댓바람부터 자신의 뇌속을 헤집으며 저벅저벅 들어오는 무례한 점령군의 군화발 소리를 들었다. 장 선생은 상의 주머니 속의 가죽끈을 웅켜 잡고 두 눈을 부릅떴다.

몇 날 밤을 머릿속에서 봄 풀 자라듯이 커 가는 온갖 잡념들로 하얗게 새우다, 새벽녘에서야 아시잠에 들었다. 그도 잠깐, 선잠 속에 나타난 간질 환자 고흐가 광야를 바라보며 데생에 몰입하다, 짐승처럼 발작하는 모습을 보고는 가슴을 쓸어내리며 잠에서 깨어나곤 했다.

윤혁로

경희대학교대학원 국어교육학과 졸업. 1982년 비사문화상 소설부문 당선. 2013년 『동양일보』 신춘문예 소설부문 당선. 2013년 스마트소설 「통(痛)안의 남자」 발표. 현 충남 예산고등학교 교사.

후 보 작

이 보 라

스마트소설

베스 같은 이야기

온 동네가 좀도둑으로 몸살을 앓던 해에, S는 우선 집 담장을 높이 쌓았다. 그리고 어느 날 베스를 무작정 집으로 데려왔다. 미리 알았다면 M이 결코 동의하지 않았을 것이다. S를 향해 M은 아무 말도 하지 않았지만, 저녁 식탁을 차리는 대신 외출 준비를 하기 시작했다.

마치 외도라도 해서 얻어온 자식 취급하는군. S가 냉장고에서 우유를 꺼내며 그렇게 웅얼거렸지만 M은 대꾸 없이 신발을 찾아 신었다. S는 이 개가 도둑으로부터 집을 지켜줄 거라고 부르짖었지만 곧 현관문이 더 요란한 소리를 내며 닫혔다.

베스는 M의 발걸음 소리가 사라진 뒤 한참 동안, 목을 잔뜩 움츠린 채 오도카니 서 있었다. 두 눈의 흰자위는 맑았고 입매가 단정했다. 나는 첫눈에 개가 마음에 들었다. 사실 M의 히스테리는 베스만을 향한 것이 아니었다. S는 난전에 주저앉아서 시금치와 호박 등을 파는 노인들과 농지거리를 주고받기 일쑤였다. 그러다가 해가 뉘엿해지면, 난전에 남아 있는 시든

야채들을 헐값에 몽땅 사서 귀가했다. 그의 손에 딸려온 것이 마늘 한 접이거나 당근 한 망태일 경우, M은 혼자 투덜거리며 밤새 마늘장아찌를 담그거나 매일 아침 당근 주스를 만들어야 했다. 그녀는 작지만 섬세한 손을 가져서 뭐든 솜씨 좋게 다듬는 편이었다. 그러니까 S의 습성에 관한 대책은 늘 M이 세워왔다. S에게 사전(事前)의 계획이란 없었으니 미연(未然)에 방지가 어려운 것이었고, 당연히 두 사람 사이에 자주 큰소리가 오갔다. 하지만 그럴 때마다 내가 수습 차원에서 눈물을 흘리거나 꾀병을 앓았고, 그럭저럭 집은 평화로웠다.

베스가 오기 직전에 욕조 한가득 민들레가 핀 적이 있었는데, S가 귀갓길에 양손 가득 들고 온 채소 때문이었다. 그는 주방에 있는 M의 눈을 피해 욕조 가득 물을 받았고, 그것을 휙 던져두었다. 새벽에 오줌을 누러 욕실로 들어갔던 M이 밤새 꽃이 펴서 밭이 된 욕조를 발견하고 비명을 질렀지만 사태는 금방 수습되었다. 민들레 화초는 M의 손에 거두어져 찜통 속으로 들어갔고, S는 자신이 욕실을 꽃밭으로 만들었다고 흐뭇해하였다. 우리는 각자의 방으로 흩어졌다. 다행스럽게도 우리의 식성은 마늘이나 당근, 민들레처럼 개를 요리해서 먹을 수 있는 취향이 아니었다. 베스는 마당에서 있어도 없는 듯 혼자 살았고, 밥은 먹다 남긴 것들을 내가 내다줬다.

그날 베스를 집에 혼자 두는 게 아니었다. 하지만 우리가 집을 비운 시간은 주말 내낮이었고 각자 나름대로 피치 못할 사정이 있었다. S는 마라톤대회에 선수로 출전해서 강변을 달렸고, M은 탈모증세의 정기 치유를 받기 위해서 클리닉에 누워 있었다. 나는 오늘도 일자리를 알아보기 위해 외출한다고 그들에게 말했지만, 사실은 사귄 지 얼마 되지 않는 여친(여자친구) 집에서 점심식사를 했다. 우리는 일자리를 구하고 있다는 점에서는 오랫동안 같은 처지였다. 마침 그 애가 집에 혼자 있는 상태라서 우리는 아랫도리만 벗은 채 스릴 있게 섹스를 했다. 여친의 오르가즘 상태가 되풀이되어도 집엔 아무도 돌아오지 않았고 나는 좀 대범해졌다. 황야의 무법자가 된 느낌으로 마구 사정했고 마침내 탈진한 상태로 귀소(歸巢)했다. 대문을 열며 습관적으로 베스를 불렀지만 기척이 없었다.

베스! 개는 밤나무 아래서 발견되었는데, 청테이프로 눈과 입이 봉해져 있었다. 양쪽 귀 역시 납작하게 접혀서 머리에 붙어 있었다. 네 발은 한 쌍씩 유리스타킹에 묶인 채, 베스는 마치 동상처럼 세워져 있었다. 집에 도둑이 들었나? 나는 힘 없던 다리가 더욱 후들거려서 베스 앞에 주저앉았다. 자초지종을 듣고 싶은 심정으로 다리를 풀어주고 청테이프를 떼어냈다. 개의 머리에서 뭉텅뭉텅 털이 뜯겨 나왔다. 힘겹게나마 자유로워졌는데 베스가 이상했다. 귀를 축 늘어뜨리고 눈을 감고 서서 꼼짝 하지 않았다. 개는 아무 소리도 내지 않았다.

집 안에 도둑의 흔적은 없었다. S의 스위스제 손목시계와 M의 루이뷔통 가방도 무사했다. 어쩌면 도둑이 들었다가 그것들이 죄다 짝퉁이란 걸 알아차리고 그냥 갔을 수도 있다.

그날 밤 S는 집 담장을 더 높이 쌓아올렸고, M은 바보천치가 되어버린 개를 집 밖으로 내보냈다. 나는 두 사람이 잠들자 대문을 열고 한길로 나왔지만, 베스는 보이지 않았다. 누구네 집 개 한 마리가 하늘의 별을 올려다보며 서 있었을 뿐이다. 그리고 새벽이 올 때까지, 유기견 한 마리가 높은 담장 주변을 낯설고도 익숙하게 어슬렁거렸다. ✗

베스! 개는 밤나무 아래서 발견되었는데, 청테이프로 눈과 입이 봉해져 있었다. 양쪽 귀 역시 납작하게 접혀서 머리에 붙어 있었다. 네 발은 한 쌍씩 유리스타킹에 묶인 채, 베스는 마치 동상처럼 세워져 있었다.

이보라

1997년 『현대문학』으로 등단. cheri75@hanmail.net

후 보 작

이 순 임

스마트소설

까마귀 피자의 소리

Kro's Nest, 바꿔 말하면 '까마귀 피자'. 중국 북경에서 정 대표가 운영하는 피자집 이름이었다. 입구부터 예사롭지 않았다. 큰 도로에 접한 붉은 벽돌의 건물은 세련되거나 볼품 있는 외관은 아니었다. 출입구가 어딘지 몰라 나는 주위를 두리번거렸다. 색이 입혀진 철제 문 앞에서 정 대표는 움직이지 않았다. 세로 높이가 삼 미터는 족히 되어 보였고, Kro's Nest 라는 영문이 흘림체로 쓰여 있었다. 그게 바로 출입문이었던 것이다. 모양새가 엘리베이터와 흡사해서 다녀간 사람들이나 알 수 있지 처음 온 사람은 쉽게 드나들 수 없는 문 구조였다. 꽉 다물린 문은 어떤 틈입자도 허용하지 않겠다는 결연한 의지를 나타내는 듯했다. 두 명의 남녀도 그 앞에서 서성이다 한참 만에 자동문 누름 버튼을 찾은 눈치였다.

창문이 없는 외벽 전체가 하나의 그림으로 페인팅 되어 있었다. 노란색 부리의 까마귀 날개에 피자 한 조각이 들려진 그림이었다. 검정, 흰색, 회색, 노란색 등의 색의 조화는 절묘했으며 특히 간판이 인상 깊었다. 건물 위쪽 끄트머리에 각각의 영문자들이 바닥을 향해 위태롭게 매달려 있었다. Kro's Nest. 목을 뒤로 젖혀야 간판이 눈에 들어왔다. 문이 열리자마자 시끄러운 음악소리가 쏟아졌다. 거기서 끝이 아니었다.

내 앞을 가로막는 또 하나의 발. 투박하고 질긴 타이어 소재의 기분 나쁜 고무 냄새가 코를 자극했다. 천조각처럼 길게 늘어진 고무 발을 헤치고 나와야 제대로 안이었다. 안과 밖, 순간 내가 서 있는 곳이 안인지 밖인지 분간이 서지 않았다. 방금 전 어디를 통과해서 지금 어디에 서 있는지 나는 까맣게 잊고 있었다. 시끄러운 음악소리와 사람들의 말소리가 뒤섞여 또 다른 의성어를 낳아야 할 상황이었다. 나를 여기까지 이끈 것은 무엇이었을까.

굉음을 내며 셔틀 트레인이 몸체를 밀고 서서히 들어섰다. 날카로운 쇳소리가 통로를 뚫고 지나갔다. 양미간이 찌푸려지면서 눈이 감긴다. 찌이 찌이직, 스크린 도어가 열릴 때도 비슷한 소리가 났다. 찌이 찌이이직, 쇳소리가 두개골에서 공명을 일으켰다. 흔히 말하는 이명과는 좀 다른 느낌이었다. 오른쪽 귀에서 들린 소리가 왼쪽 귀로 옮겨 들린 것을 두고 나는 내속으로 공명 현상이라 부르고 있었다. 소리굽쇠의 그것처럼 말이다. 전에, 소리를 눈으로 확인하는 실험이 있었다.

긴 말굽자석 모양의 소리굽쇠를 물에 닿게 하자 물방울이 사방으로 튕겨져 나갔다. 소리가 사람들의 눈앞에 자신의 모습을 온전하게 드러내는 찰라였다. 공기의 떨림, 곧 '소리'가 눈에 보이는 것이다.

요즘 들어 신경이 예민해진 게 사실이었다. 굳이 따지자면 소리 때문이었다. 늦은 밤, 욕실배관을 타고 들려오는 전동기 칫솔모의 소리가 그러했고, 거실 바닥을 울리는 휴대전화의 진동음이 그러했으며, 전기 파리채에 타죽는 날벌레 소리가 그러했고, 레카차의 싸이렌 소리가 그러했다. 소리들은 머릿속에서 떠나지 않고 계속해서 공명을 일으켰다. 그런데 문제가 된 것은 새였다. 방충망을 열어 놓은 게 첫 번째 실수이긴 하였으나 어떻게 해서 집 안으로 날아들게 된 것인지 도무지 알 수 없는 일이었다. 새의 날개짓 소리는 요란했다. 몸집이 제법 커서 파닥거리는 날개짓 소리가 집 안 구석구석 가 박혔다. 천정에 대가리를 부딪고 소파에 떨어졌다가 다시 날아오르더니 이번엔 벽지에 발톱 긁히는 소리를 냈다. 미끄러져 바닥에 곤두박질치고 푸덕거리며 차오르고……. 하얀 깃털이 뽑혀 날리고 통통하게 오른 가슴살이 할딱였다. 숨가쁜 상황이 연이어졌다. 아랫배와 뒷목의 털은 희고 부리가 작은 새였다. 신문지를 펼쳐 새를 향해 휘저었다. 안에 있지 말고 밖으로 나가도록.

오늘 아침까지 새 발톱 소리가 어지럽게 붙어 다녔다. 이번 중국 출장은 영 개운치가 않아 취소하고 싶었다. 습도 높은 장마철, 합성 섬유류인 쉬폰 소재의 블라우스를 껴입고 땀 낸 것 같은 꿉꿉한 느낌이었다. 불결하고 불온하며 불순한 데다 매우 음습해서 순식간에 솟구쳤다가 가라앉는 아주 천박한 감정이었다. 사람들에게 휩쓸린 내 몸은 셔틀 트레인에 짐짝처럼 부려졌다.

게다가 인천발 북경행 중국 국제항공 CA-139편의 게이트는 내 걸음으로 꽤나 먼 곳에 위치해 있었다. 탑승 시간은 얼마 남지 않았고 셔틀 트레인으로 이동해야 한다는 것이 못내 부담스러웠다. 에스컬레이터로 오르내리고 무빙워크에 몸을 실어 날라도 마음이 가볍지 않았다. 출장을 미루고 다시 서울로 올라갈까, 하는 생각도 그즈음 들었다. 그러나, 장쯔이는 나를 맞으려고 비행기를 타고 상하이에서 북경으로 날아오는 중이었다. 사업상 그리 할 수 있는 일은 못 되었다.

장쯔이는 한국말을 세련되게 구사하는 북경대학 출신의 교포3세 중국인. 장쯔이는 내가 그녀에게 붙인 이름이었다. 그녀와 대화를 나눌 때는 정 대표라 호칭하지만 중국말로 통화하는 그녀의 목소리를 들은 후부터 속으로 그렇게 부르고 있다. 나지막하고 강약이 있으면서도 부드럽고 속살스런 그녀의 톤은 영화배우 장쯔이를 연상시켰다. 중국에서 의류 사업으로 큰돈을 만진 그녀는 포부가 컸다. 동대문의 저가 브랜드를 북경에 상륙시켜 론칭 준비를 하던 차에 나와 만나게 된 것이다.

스파, 피부 관리, 의류, 브런치 카페, 갤러리 등 주로 여성을 상대로 하는 가게들이 '듄' 이란 건물 내에 있었다. 듄에서 일하는 의류 매니저의 소개로 정 대표를 알게 되었다. 북경에 있는 건물을 '듄' 과 비슷하게 꾸미고자 하는 것이 그녀의 뜻이었다. 듄의 건물 외관에는 펠리컨 부리 모양의 징크 판넬이 화강석 외벽에 덧대어 있어 시선 끄는데 한 몫을 톡톡히 했다. 나중에 북경에 가서 안 사실이지만 정 대표가 그런데는 나름 이유가 있었다.

게다가 한류 바람이 한창인 터라 그 여세를 몰아 돈 벌고 싶은 게 정 대표의 속마음이기도 했을 것이다. 그녀는 특히 브런치의 메뉴에 큰 관심을 갖고 내가 빠른 시일 내 북경에 다녀가기를 희망했다. 몇 차례 거절 끝에 완곡한 그녀의 부탁으로 어렵게 만들어진 약속이었다. 컨디션이 안 좋다해서 탑승한 기내에서 가방 끌고 내릴 수는 없었다.

찌이 찌리리이익, 끼이이익 끼익. 푸드덕 파다다아악, 소리는 계속해서 났다. 이쪽 귀에서 들리다가 잠시 후면 다른쪽 귀로 옮겨졌다. 비행기는 아직 이륙하지 않았다. 기압의 차로 나타나는 현상은 더욱 아니었다. 비행기는 활주로에 날아든

새를 쫓느라 제 시간에 이륙하지 못하고 있었다. 조류와 비행기의 '박치기' 때문에 사고가 종종 생기지 않는가. 활주로의 새를 없애야 비행기가 뜨고 사람들이 살 수 있는 것이다.

그 새가 어쩌면 까마귀일지도 모른다는 생각을 북경 Kro's Nest에 가서야 했다. 까마귀 피자에 매료된 사람들. 흑인, 백인, 황색인, 피부색이 각기 다른 사람들이 뒤섞여 하우스 뮤직과 술 그리고 피자를 즐겼다. 그들은 모두 소리에 파묻혀 있었다.

북경 한 복판 Kro's Nest. 맨해튼의 환락이 온갖 소리에 뒤범벅되어 북경에서 아우성쳤다. 나는 어둠침침한 그곳에서 또 소리의 공명을 경험하고 있었다.

두개골에서 새의 날개짓 소리와 발톱 소리가 부스럭거렸다. 그리고 또 하나, 장쯔이의 전화 통화 목소리. 정 대표는 누군가와 통화를 했다. 사업상 일일 것이다. 표정만 봐도 알 수 있다. 북경에서 BMW740을 타는 그녀는 돈을 많이 버는 게 인생의 목표였다.

나는 오랫동안 소리와 전쟁을 치룰 것이다. 까마귀 피자의 그 소리와 함께…….

장쯔이는 한국말을 세련되게 구사하는 북경대학 출신의 교포3세 중국인. 장쯔이는 내가 그녀에게 붙인 이름이었다. 그녀와 대화를 나눌 때는 정 대표라 호칭하지만 중국말로 통화하는 그녀의 목소리를 들은 후부터 속으로 그렇게 부르고 있다. 나지막하고 강약이 있으면서도 부드럽고 속살스런 그녀의 톤은 영화배우 장쯔이를 연상시켰다.

이순임

인천 출생. 한양대학교 국어국문학 전공. 현재 한신대학교 문예창작대학원 재학중. 2009년 『월간문학』으로 등단. (주)램프웨이 www.rampway.co.kr 대표.
rina21kr@hanmail.net

후 보 작

이 시 백

스마트소설

자살에 관한 특별조치법

더럽게 할 일이 없어진 M이라는 나라에서 자살이 급증했다. 살기가 힘들어 그런지, 살기가 지루해 그런지 사람들은 죽지 못해 안달이 났다. 깊은 산골에 들어가 연탄불을 피워 놓고 합동으로 자살하거나, 욕실에서 목을 매달아 스스로 목숨을 끊었다. 용기가 없어 차마 죽지 못하는 사람들은 돈을 주고 사람을 사서 자신을 죽여 달라고 부탁을 했다. 서점에서는 '손쉽게 죽는 법' 이라는 책이 베스트셀러가 되고, 인터넷 카페에는 '함께 죽을 사람' 을 찾는 글들이 여기저기 실렸다.

나라에서는 그런 인간들은 자발적으로 빨리 사라지기를 바라며 별 관심도 보이지 않았다. 그러나 연일 늘어가는 자살 사건이 보도되면서 나라를 잘못 다스려 백성들이 자살한다는 말들이 돌기 시작했다. 골방에서 머리를 맞대고 돈뭉치만 세던 정치꾼들이 정색을 하고 나섰다. 전문가들을 앞세워, 생명의 존엄성에 관한 특집 기획 방송을 하고, '아프니까 인생이다' 라는 책을 쓴 인기 작가를 내세워 강연회도 열었다. 그러나 늘어나는 자살 사건을 막을 수는 없었다. 사람들은 가족들과 다정하게 밥을 먹다가도 죽고, 밥을 굶어서도 죽었다. 너무 늙어서도 죽고, 너무 어려서도 죽었으며, 노인과 어린아이가 손을 잡고 죽기도 했다. 흉기를 들고 부잣집에 들어갔다가 제발 죽여 달라고 매달리는 부잣집 사모님 때문에 자신의 직업에 회의를 느낀 강도가 스스로 목숨을 끊는 일도 발생했다.

정치꾼들은 지하 벙커에 들어가 머리를 맞대고 긴급 대책을 논의했다. 돈뭉치 세는 것과 법으로 백성들을 누르는 것밖에 할 줄 아는 게 없던 정치꾼들은 오박육일 동안의 긴급회의 끝에 자살을 처벌하는 법을 만들기로 했다. 자살에 관한 특별조치법이라는 것이었다. 국론을 분열시키고, 민심을 동요하게 하며, 국가안보를 위협하는 자살을 기도하거나, 자살을 하다가 실패한 사람들을 강력히 처벌하는 법이었다.

조용한 산골에서 자살을 하려던 이들이 경찰에 잡혀 오기 시작했다. 옥에 갇혀서도 죽지 못해 애쓰는 그이들을 경찰은 수갑을 채우고, 다리에 족쇄를 채우고, 재갈을 물려 옥에 가두었다. 그리고 그들은 무려 일 년 가까이 이어진 심문과 변론과 논고를 거쳐 법정에서 엄중하고 신중한 재판을 받았다. 재판관은 자살에 관한 특별조치법에 따라 준엄하게 중형을 선고했다. 나라에서 금지한 자살을 시도하였기에 사형을 언도함.

나무에 목을 매다가 잡혀온 이들은 일 년 가까이 옥에 갇혀 있다가 교수대에서 목이 졸려 죽었다. 자신의 승용차 안에 연탄을 피우고 자살을 시도하다가 연탄불이 꺼지는 바람에 살아난 사람은 강제로 독가스를 입에 들이 마시고 죽어야 했으며, 엽총으로 자신의 목을 쏘았다가 구사일생으로 살아난 사람은 구멍이 난 목 대신에 심장에 집중 사격을 가해 총살되었다.

이시백

경기도 여주산. 1988년 『동양문학』 1회 소설 신인상으로 등단. 장편소설 『나는 꽃도둑이다』 『종을 훔치다』, 소설집 『갈보콩』 『누가 말을 죽였을까』 『890만번 주사위 던지기』 등. 현직 전업작가. ecback@daum.net

후 보 작

이 아 타

스마트소설

그리고 아침

그리고 아침이다.

밤이 끝났다. 밤의 자막이 서서히 올라간다. 어둠 속 불순한 꿈과 회색 몽상과 축축한 독백을 중지해야 한다. 아침은 마침이다. 암막커튼을 활짝 젖히듯, 나른한 잠의 껍질을 걷어내고 오늘을 또 시작해야 한다.

리얼리즘을 통과한 햇빛이 방을 또렷하게 밝힌다.

그는 깨어나지 않는다. 지난밤의 동영상들처럼 그는 아직 잠에 버퍼링 중이다. 빛의 세례를 받은 그가 얼굴을 찡그리며 몸을 뒤틀다 침대에서 나온다. 트렁크 팬티만 입은 채 냉장고로 걸어가 문을 열고 생수를 꺼내 들이켠다.

스마트폰의 알람소리에 그가 침대에서 몸을 일으킨다. 순식간에 일어나긴 하지만 그는 아직 경계에 있다. 감긴 눈과 머릿속은 희지도 검지도 않은 몽롱한 회색이다. 잠시 후 눈을 뜨고 일어난 그는 둘둘 말린 폴리에스테르 이불을 물끄러미 바라본다. 그것은 마치 자신이 지난밤에 벗어놓은 허물 같아 보인다.

밤이 끝났다는 걸 알지만 그녀는 조용히 누워 있다. 습지식물의 뿌리가 축축한 흙을 움켜쥐듯 그녀는 아직 잠을 붙잡고 싶다. 미처 잠의 영양분을 완전히 빨아들이지 못한 것이다. 방으로 밀고 들어온 햇빛을 피해 홑겹 이불을 뒤집어쓴다. 하루를 버티려면 십 분이 더 필요하다.

아침 일곱 시에 화들짝 잠이 깬 그녀가 눈을 반쯤 뜬 채 샤워부스에 들어간다. 머리를 두어 번 흔들어 잠을 털어내려 한다. 취침 모드에서 기상 모드로의 전환은 언제나 더디다. 미지근한 몸은 아직 밤의 파일들을 다운로드 중이다. 꿈과 몽상과 독백들. 그녀가 샤워꼭지를 힘껏 비튼다. 냉철한 물의 세례를 받으며 끈적끈적한 밤의 것들을 지운다.

밤새 독백처럼 자란 수염을 면도하고, 온몸에 들러붙은 불순한 꿈을 씻어내고, 머릿속 몽롱한 생각들을 제거한다. 브라운 전동 면도기, 필립스 제모기, 화장수와 불가리 향수. 흰 와이셔츠와 넥타이, 크고 단단한 손목시계, 반질반질한 구두와 서류가방. 스킨, 에멀전, 에센스, 자외선 차단제와 살갗을 덮을 랑콤 팩트, 샤이닝핑크 립글로스, 헤어드라이어, 모발 영양제. 그리고 고탄력 스타킹과 칠 센티미터 하이힐.

서두르지 않으면 늦을지도 모른다. 가방 속에 든 열쇠와 스마트폰과 여분의 배터리와 지갑을 다시 확인하고 급히 집을 나선다. 블록들 사이사이로 사람들이 흘러나온다. 하수배관을 향하는 물줄기처럼 지하철역을 향해 출근자들이 몰려긴다. 커다랗게 입을 벌린 입구를 지나 지하로 쿨렁쿨렁 빨려 내려간다. 그와 그, 그녀와 그녀의 뱃속도 출렁인다. 구불구불한 위장엔 아스피린과 타이레놀과 종합비타민과 철분과 에너지음료와 녹즙과 커피가 들어 있다. 깊이 아래로 내려갈수록 밤의 것들, 뒤섞이고 딱딱하게 굳어버린, 아직 배설되지 않은 회색의 축축하고 불순한 꿈과 몽상과 독백이 항문을 누른다.

어둠을 뚫고 기다란 열차가 쑤욱 미끄러져 들어온다. 문이 열리고 수십 개의 발이 다투어 들어간다. 그와 그와 그녀와 그녀는 마구 뒤섞인다.

차창 밖은 어둡다. 검은 창에 뒤섞인 얼굴들이 재생된다. 잠이 덜 깬 얼굴들은 피곤하다. 쉽게 해석되지 않는, 피곤하고 몽롱한 모더니즘이다.

그와 그녀는 살을 맞닿을 듯 붙어 선 그와 그녀가 어쩐지 기분 나쁘다. 불순한 뒷덜미, 축축한 겨드랑이, 의미를 알 수 없는 연회색 표정. 그와 그녀는 그와 그녀가 누구인지 생각해본다. 생각하려 해도 생각할 수 없다. 지하철은 지난밤 잠 속 같은 어둠의 터널을 끝없이 이어간다. 그와 그녀는 검은 창에 비친 그와 그녀가 지난밤의 불순한 꿈이라고, 연회색 몽상이라고, 축축한 독백이라고 생각한다.

아침이다. 밤이 정지했다. 그, 그, 그녀, 그녀는 검은 얼굴들을 다시 바라본다. 혼재된 얼굴들이 캄캄하고 막막한 생각을 더듬는다. 밤에 나는 무엇을 보았던 걸까. 지난밤에 나는 무엇이었지. …… 생각은 꿈처럼 몽상처럼 독백처럼 시작도 끝도 알 수 없다.

알 수 없는 생각에 정지 버튼을 누르고 가방에서 스마트폰을 꺼낸다. 타인의 생각을 읽으려고 트위터를 둘러보고 광고 문구로 가득한 이메일을 확인하고 메신저로 심심한 말들을 주고받다가 이모티콘을 남용하고 오늘의 뉴스를 훑어보고 어제와 오늘 사이 보지 못한 동영상들을 버퍼링한다.

버퍼링의 짧은 직선이 말한다. 괜찮은 걸까. 이대로 살아도……. 지난밤에 나는 무엇이었지…….

퍼뜩 머리를 들고 주위를 둘러본다. 지금 어디쯤 가고 있는 건지 확인한다. 지하철은 여전히 일직선으로 달리고 있다. 출근하지 않을 수만 있다면 열차가 정차하지 않고 어딘가로 무한정 내달려도 좋을 것 같다. 타이레놀이 필요하다. 뱃속에 아스피린이 들어 있는 그녀는 타이레놀이 필요하고 타이레놀이 들어 있는 그녀는 철분이 필요하고 철분이 있는 그는 커피가 필요하고 커피가 있는 그는 에너지음료가 필요하다.

그는 그 옆에 그 옆에 그를 쳐다본다. 그녀는 그녀 옆에 그녀 옆에 그녀를 훔쳐본다. 그는 그의 고급스런 재킷과 셔츠와 구두를, 그녀는 그녀의 블라우스와 귀걸이와 가방을 흘낏거린다. 그는 그의 구두와 연봉을 꿈꾼다. 그녀는 그녀의 가방과 애인을 몽상한다. 그들은 타인을 버퍼링 중이다. 지하철은 어둠을 버퍼링 중이다.

그, 그, 그녀, 그녀는 눈을 감는다. 지난밤에 무엇을 보았는지 알지 못하는 그는 그 옆에 그 옆에 그의 욕망을 버퍼링 중이다. ……. 땅속 길은 길게 이어간다. 그 옆에 그 옆에 그, 그녀 옆에 그녀 옆에 그녀……. 라이트 그레이 몽상 버퍼링!

아침 옆에 아침 옆에 아침 그리고 …… 아침이다.

이아타

2010년 『불교신문』 신춘문예, 2010년 『작가세계』 신인상으로 등단. 2012년 서울문화재단 창작기금 수혜.

후 보 작

이 평 재

스마트소설

사랑은 연습

男子가 좋아하는 음식은 튀김입니다. 그래서 나나는 열심히 연구했지요. 어떡하면 겉은 바싹하고, 속은 보들보들 촉촉한 튀김을 만들어낼 수 있을까. 어떡하면 나나가 만든 튀김을 한 입 깨문 男子의 얼굴이 태평양처럼 우와, 하고 펴질 수 있을까. 그러나 나나는 원래 요리하는 것을 좋아하지도 않고 해본 적도 없습니다. 내내 엄마가 해주는 음식을 먹었고, 집을 나온 뒤로는 주로 배달음식이나 인스턴트음식을 먹었습니다. 男子를 만나고 요리에 관심을 갖기 시작했지요. 그런데 요리라는 게 하루아침에 되는 게 아닙니다. 게다가 튀김은 쉬운 것 같아도 결코 만만한 요리가 아닙니다. 요령이 있어야 합니다. 똑같은 레시피로 만들어도 온도와 습도에 따라 식감이 달라지기에 주의할 사항도 많습니다. 그래도 나나는 최고의 튀김 요리를 할 수 있게 되었습니다. 순전히 男子에 대한 사랑 때문이었지요.

오늘도 나나는 정성을 다해 튀김요리를 하고 있습니다. 메뉴는 새우튀김입니다. 이번엔 단순히 새우에 튀김옷을 입혀 튀겨내는 것이 아닙니다. 아주 특별한 재료가 들어갑니다. 하얀 녹말가루 대신 입자가 더 고운 갈색가루를 넣을 것입니다. 갈색가루가 무엇인지는 비밀입니다. 나나만의 특별한 레시피니까요. 어쨌든 나나는 냉장고에서 새우를 꺼내 껍질을 벗기고, 손질한 새우를 가지런히 정리하여 한쪽으로 밀어 놓고, 갈색가루를 비닐봉지에 담습니다. 거품기로 몇 번 저어 계란을 풀고 거기에 물을 조금 넣습니다. 어느 요리연구가의 말투를 흉내내어 혼잣말을 합니다. 이렇게 물을 넣어야 재료에도 숨구멍이 생겨 더 바싹하게 튀겨진답니다. 호호호. 그리곤 잠시 멍하니 서 있다가 벽시계를 올려다봅니다. 7시 10분. 이제 이십 분 뒤면 男子가 현관문을 열고 들어설 것입니다.

나나는 잘 알고 있습니다. 오늘도 男子는 늘 그랬던 것처럼, 현관문을 들어서자마자 세상에서 사랑하는 여자는 오직 너 하나뿐이라는 표정으로, 너와의 시간을 갖기 위해 그 많은 일을 얼마나 서둘러 처리하고 달려왔는지 모른다는 표정으로 나나를 끌어안을 겁니다. 보고 싶었어, 하고 속삭이며 나나의 목덜미에 얼굴을 묻고 흠흠 체취를 맡고, 고개를 들어 입을 맞추고, 혀를 빨고, 어쩌면 주체할 수 없이 빵빵하게 부푼 자신의 그곳에 나나의 손을 끌어다대며 사랑해, 하고 속삭일 겁니다. 그러면 스무 살의 나나는 행복에 겨워 스스로 침대 위로 기어 올라갔었지요. 男子를 받아들이며 이 사람을 위해서라면 어떤 일도 감수할 수 있다는 다짐을 했었지요. 비록 男子가 나나보다 나이가 스물두 살이나 많고 아이까지 있는, 별거는 하고 있다지만 아직 아내가 있어 비밀스럽게 만나야 하는 사람일지라도.

그러나 이제 스물한 살의 나나는, 믹서를 싱크대 위로 올려놓으며 중얼거립니다. 나쁜 자식! 믹서에 말린 식빵을 넣고 갈기 시작하며 중얼거립니다. 내가 바보였어. 누굴 탓하겠어. 타닥거리며 튀어 오르는 믹서 안의 빵가루를 들여다보며 중얼거립니다. 그래도 용서할 수 없어! 그러나 나나는 곧 자신의 목소리가 너무 컸다는, 이성을 잃으면 안 된다는 생각을 하며 냉장고 문을 엽니다. 차가운 맥주를 꺼내 천천히 마시면서 마음을 누그러뜨립니다. 그런 뒤에야 튀김냄비를 가스레인지에 올립니다. 갈색가루를 담아 놓은 비닐봉지를 들어 올립니다. 그러면서 한 번 더 중얼거립니다. 원래 그런 사람이었어, 처음부터.

일 년 전, 男子는 나나에게 말했습니다. 사랑하는 사람이 친구 집에 얹혀사는 게 싫어. 오피스텔로 이사해. 男子는 오피스텔에서의 첫 번째 섹스를 한 뒤 또다시 말했습니다. 수요일마다 올게. 매주 하룻밤은 너랑 같이 있고 싶어. 그 이야기를 들은 친구 미미는 고개를 갸웃하며 물었지요. 좀 이상해! 처음엔 매일 만나야하는 거 아냐? 그래도 나나는 男子를 의심하지 않았어요. 오히려 자신을 단속했어요. 그 뒤에도 미미는 수시로 男子가 진실성이 없다고, 매스컴에 비치는 모습이 다르지 않느냐고 잔소리를 했지만 무시해 버렸어요. 바쁜 사람이니까, 유명한 사람이니까, 큰일을 하는 사람이니까, 힘들게 하면 절대 안 된다고. 그게 사랑이라고.

네, 그랬습니다. 지난주 수요일에도 男子는 어김없이 나나에게 왔습니다. 현관문을 들어서자마자 포옹을 하며 나나를 곧장 침대로 끌고 갔습니다. 그런데 그때부터 조금 이상했어요. 男子가 평소와 달리 무리한 자세를 요구했어요. 팔이 뒤로 꺾이고 몸이 앞으로 폴더처럼 접힌 채 계속 움직이느라 나나는 많이 아팠습니다. 그래도 사랑하는 사람이 원하는 것이니 해야 한다고 여기며 아픔을 꾹 참았습니다. 참을 수 없이 아프면 男子가 오기 전에 만들어 놓은 가지튀김을 떠올렸습니다. 섹스가 끝난 뒤 그것을 맛있게 먹어줄 男子를, 그 표정을 상상했지요. 男子는 튀김요리를 크게 한입 베어 먹을 때의 표정과 절정에 올라 사정을 할 때의 표정이 똑같았습니다. 입이 점점 벌어지며 마치 태평양 앞에 서서 우와, 외치는 것처럼 얼굴 근육이 활짝 펴지고 세포 사이사이에 절로 미소가 어리는. 나나는 그 '우와' 하는 표정이 좋았습니다. 그 표정에 따라 지옥과 천당을 오고갔었지요.

그랬는데, 男子는 끝내 '우와' 하지 않았습니다. 점점 더 아파 얼굴이 일그러지는 나나를 빤히 쳐다보다가 눈이 마주치면 계속해, 하고 속삭였습니다. 그래도 나나는 자신을 탓했습니다. 어떻게 하면 男子가 빨리 '우와' 할지, 그것만 생각하며 男子의 요구에 최선을 다했습니다. 그러면서 아아아, 하고 비명을 내지르고 싶을 만큼의 고통에 이르자 문득, 나는 이 사람에게 뭘까? 하는 생각을 했습니다. 좀 이상해! 미미의 말까지 떠올라 고개를 내흔들었습니다. 男子는 멈추지 마! 하고 계속 외치며 나나의 팔을 더욱 꺾었습니다. 나나가 어깨근육이 툭, 끊어지는 듯한 소리를 들으며 눈물을 흘린 뒤에야 나나를 놓아주었습니다.

男子는 멍하니 웅크리고 있는 나나를 물끄러미 내려다보았습니다. 그러곤 옷을 입으며 오늘은 그냥 갈게, 하고 말했습니다. 나나는 당혹스러웠습니다. 이게 뭐지? 도대체 무슨 일이 일어난 거야? 나나는 머릿속이 복잡했지만, 男子에게 왜냐고 묻고 싶었지만, 더 이상 오지 않을까봐 아무 말도 하지 못했습니다. 단지 현관에서 구두를 신고 있는 男子의 팔을 붙잡고 한마디 했어요. 가지튀김 먹고 가. 나나는 그러는 자신이 멍청이라는 생각이 들었지만 男子에게 애원하듯 한 번 더 말했어요. 소고기를 박아 넣고 튀긴 거야, 아주 맛있어.

그때, 男子가 구두를 벗고 다시 들어와 식탁에 앉은 것은 정말 의외였습니다. 게다가 男子는 아무 일도 없었던 것처럼 굴기 시작했어요. 눅눅해진 가지튀김을 다시 바삭하게 튀겨주자 우와, 하며 달게 먹었습니다. 나나가 그토록 바라던 '우와'를 계속해서 연발하며 평소에는 하지 않던 말까지 했습니다. 소송에 패소하여 기분이 엉망이었다고. 또한 박 부장이라는 사람을 거론하며 믿는 놈에게 발등이 찍혔다느니, 아버지 병세가 악화되어 걱정이라느니 전혀 다른 사람처럼 굴었습니다. 나나가 어떻게 맞장구를 쳐줘야 할지 난감할 정도였어요. 나나는 어깨가 쑤시고 아팠지만 내색하지 않고 男子의 말에 그저 고개를 끄덕였습니다. 男子가 미안해, 내가 너무 스트레스를 받았었나 봐, 하고 말할 때는 눈물까지 흘렸습니다. 오히려 男子에게 더 잘해야겠다는 생각도 했습니다. 男子는 그런 나나의 손을 잡고 말했어요. 같이 있고 싶은데, 오늘은 아버지 병문안을 가야 해. 다음주에 올게.

男子가 가고 나자 나나는 걷잡을 수 없이 울음이 터져 나왔습니다. 男子와 있었던 일이 생생하게 떠올랐고, 감당할 수 없는 충격에 휩싸였습니다. 아무리 진정을 하려해도 울음이 그치지 않아 미미에게 전화를 걸었습니다. 무슨 일이냐고 깜짝 놀라 묻는 미미에게 처음엔 어깨가 아파, 하고 흐느꼈지만 나나는 곧 딸꾹질을 해대며 男子와 있었던 일을 털어놓았습니다. 그리고 지난 일주일, 나나는 지옥과 같은 시간을 보냈습니다. 미미의 예감이 적중한 것입니다. 男子는 처음에 나나를 데리고 갔던, 나나에게 첫 경험을 안겨 주었던 그곳으로 나나보다 어린 단발머리의 여자애를 데리고 들어갔습니다. 나나는 쫓아가 침이라도 뱉어주자는 미미를 간신히 잡아끌며 말했습니다. 침을 뱉어주는 정도로는 안 될 것 같아.

나나는 갈색가루를 담아 놓은 비닐봉지에 손질한 새우를 담습니다. 그리고 풍선처럼 바람을 넣어 입구를 틀어쥔 뒤 빠르게 흔들어댑니다. 눈짐작으로 튀김냄비의 온도를 확인합니다. 갈색가루가 골고루 묻은 새우를 계란에 담갔다가 재빨리 건져냅니다. 빵가루 위로 옮겨 살살 굴립니다. 모양새를 잡아 튀김냄비 안으로 하나씩 집어넣습니다. 노릇노릇 바삭바삭 튀겨지고 있는 아주 특별한 새우튀김을 들여다보며 씩 웃습니다. 그때 현관문 열리는 소리가 납니다. 나나는 반갑게 달려가 男子의 품에 안깁니다. 아, 맛있는 새우튀김 냄새! 하고 엉덩이를 쓰다듬는 男子의 손을 아이, 하고 떼어냅니다. 눈웃음을 살살치며 애교 있는 목소리로 지금 막 튀겨냈어, 특별 식이야, 바삭할 때 먼저 먹자! 하고 속삭입니다. 그리고 식탁으로 향하는 男子의 뒷모습을 바라보며 이제 곧 벌어질 상황을

영화 속의 장면을 그리듯 담담하게 떠올립니다. **페이드인.** 바삭바삭, 새우튀김을 맛나게 먹던 男의 눈꺼풀이 서서히 내려앉기 시작한다. 女는 기다렸다는 듯 자리에서 일어나 男에게 다가간다. 가물가물 의식을 잃어가는 男을 발로 밀어 바닥으로 쿵, 하고 쓰러뜨린다. 곧이어 男의 손을 들어 올린다. 그 밑으로 도마를 밀어 넣는다. 육류용 칼을 집어 든다. 男의 손가락을 가지런히 펼치며 혼잣말을 한다. 단번에 잘라내야 할 텐데. 칼을 든 손을 높이 치켜든다. 어떻게든지 눈을 떠 보려고 애쓰는 男을 향해 오늘의 메인 요리는 핑거튀김이야, 하고 속삭인다. 동시에 힘껏 칼을 내리친다. 女의 얼굴에 붉은 꽃이 우와, 하고 피어난다. **페이드아웃.**

女는 기다렸다는 듯 자리에서 일어나 男에게 다가간다. 가물가물 의식을 잃어가는 男을 발로 밀어 바닥으로 쿵, 하고 쓰러뜨린다. 곧이어 男의 손을 들어 올린다. 그 밑으로 도마를 밀어 넣는다. 육류용 칼을 집어 든다. 男의 손가락을 가지런히 펼치며 혼잣말을 한다. 단번에 잘라내야 할 텐데.

이평재

1998년 『동서문학』에 단편소설 「벽 속의 희망」으로 신인상에 당선되었다. 2000년 「리아논의 새」로 올해의 좋은 소설, 2001년 「마녀물고기」로 『동아일보』 문학 뉴웨이브에 선정되었다. 2007년 「그린스네이크 동물지」 등으로 한국예술위원회 문예창작기금 수혜, 2013년 「당신이 모르는 이야기」로 이상문학상 우수상을 받았다. 주요작품집으로 『마녀물고기』 『어느 날, 크로마뇽인으로부터』, 장편으로 『눈물의 왕』이 있다. 현재 소설가 모임 '문학비단길'에서 활동하고 있으며, '예술서가'를 이끌고 있다.

후 보 작

임 상 태

스마트소설

아무것도 없었다

태초에 하느님이 천지를 창조하시니라.

땅이 혼돈하고 공허하며 흑암이 깊음 위에 있고,

하느님의 신은 수면에 운행하시니라.

(창세기1:1~1:2)

샤워부스 안에서 쟝은 생각했다. 끊임없이 밀려오는 섹스 후 공허감이 클리토리아의 꾸며진 표정과 신음 소리 때문이 아닐까하는 생각에서였다. 칠십이 넘은 쟝의 정력이 갓 서른을 넘긴 클리토리아의 성적 열망을 그토록 완벽하게 만족시켰다는 것이 스스로도 믿겨지지 않았던 것이다. 쭈글쭈글해진 자신의 성기를 내려다보던 쟝의 뇌리에, 절정에 달뜬 클리토리아의 표정이 오버랩되었다. 어디선가 격정적인 교성이 들려오는 듯했다. 잠시 멍해진 머릿속에 어떤 육감 같은 것이 스쳤다.

'훼이크fake!'

일종의 의심증인지도 모르겠지만, 단순한 오버센스만은 아닌 듯했다. 클리토리아는 쟝의 제자였고 무엇보다 논문학기에 들어서며 그녀가 접근해 온 것도 사실이었다. 순간 쟝은 분노어린 격정에 사로잡혀 물기도 닦지 않은 채 샤워부스를 박차고 나왔다.

"넌 나를 속였어, 클리토리아! 어떻게 이럴 수 있지? 훼이크, 훼이크야! 난 리얼real한 게 좋아!"

그녀는 이미 깊은 잠에 빠져있었다. 쟝의 외침에 미동도 않은 채 잠든 그녀의 나신을 내려다보며, 미묘한 육욕과 함께 학자 특유의 탐구욕이 발동했다.

'리얼한 게 좋아…… 실체를 찾아야 돼, 실체를…… 어쩌면 클리토리아는 하나도 못 느끼며 쇼를 한 것인지도 몰라.'

그녀의 나신을 내려다보며 이러한 의심은 더욱 굳어지고 있었다. 쟝의 머릿속에는 '실체', '실재', '실물', '진실' 등의 단어가 뒤엉켜 떠다니고 있었다. 그의 눈은 그녀의 몸- 머리

끝에서 발끝까지 천천히 훑어보고 있었다. 비너스의 계곡에 이르러 시선은 멈추었다. 깊은 협곡과 짙은 수풀들. 마치 미지의 정글 깊은 곳 어디엔가 숨어 있을 마법의 단추라는 실체를 찾고 싶었다. 그의 양손 검지가 그녀의 대음순을 벌리자 오키프*의 꽃잎 같은 소음순이 나풀거렸다. 소음순의 양 날개를 한 겹 더 벌리자 작은 동굴 하나와 조금 큰 동굴이 모습을 드러냈다. 성적 흥분의 실체인 마법의 단추를 찾고 싶었다. 어쩌면 클리토리아를 성적인 여성일 수 있게 하는 것이 마법의 단추인 클리토리스이고, 지금껏 그것에 무관심했던 사람이 장 스스로가 아닌가 하는 반성이 일었다.

오른손 검지로 나풀대는 날개를 쓰다듬으며 큰 동굴의 입구를 질척였다. 그녀가 살짝 몸을 뒤트는 듯했다. 검지는 미끄러져 오르듯 작은 동굴을 지났고 계곡의 가장 깊은 곳을 향하고 있었다. 탐험은 계속되었다. 하지만 좀처럼 마법의 단추를 찾을 수 없었다. 한 시간, 두 시간, 시간이 흘렀다. 그녀는 미동도 하지 않았고, 장의 이마엔 송골송골 땀이 맺혔다. 문뜩 클리토리아가 느끼지 못하는 건 애초에 클리토리스가 없기 때문이 아닐까하는 의문이 들었다. 회음부와 항문까지 다 뒤졌는데 클리토리스가 없다니! 놀라울 따름이었다. 잠시 물로 목을 축이며 정신을 가다듬었다. 흐릿한 의식 아래로 정작 중요한 곳을 탐험하지 않았다는 생각이 스쳤다. 동굴이었다. 이번에는 검지로 탐색하는 것이 아니라 동굴 안에 머리를 넣고 직접 눈으로 확인하고 싶었다. 먼저 작은 동굴을 수색하기로 했다. 동굴 입구에 머리를 들이밀었다. 들어갈 엄두가 나지 않았다. 입구는 비좁았고 수색을 포기할 수밖에 없었다. 남은 곳은 그 아래에 위치한 큰 동굴. 잠시 쉬어가기 위해 담배를 빼물었다. 불을 붙이고 첫 모금을 길게 빨아들이는 순간, 문뜩 실체라는 것은 애초부터 존재하지 않은 것이 아닐까하는 생각이 들었다. 회의가 일었지만 쟝의 탐구욕을 재울 순 없었다. 이내 마음을 다잡고 큰 동굴로 향했다. 동굴 입구치곤 신축성이 좋았다. 양손 검지로 입구를 벌리고 머리를 들이밀었다. 처음엔 들어갈 생각도 안하더니, 이리저리 비비며 쇄도하자 입구가 늘어나며 서서히 빨려드는 것을 느낄 수 있었다. 굴 안을 둘러보았다. 아무것도 보이지 않았다. 동굴은 어두웠고, 이내 목이 죄어와 숨이 막힐 듯했다. 순간 본능적으로 머리를 잡아 빼려 발버둥을 치는데, 쭈글쭈글한 동굴의 입구가 괴물의 아가리처럼 실룩거리며 남은 몸통을 오물오물 집어삼켰다.

쟝은 어두운 공간에 팽개쳐져 있었다. 흡사 그곳은 진공의 우주와도 같았고 그래서 쟝의 몸이 순간에 빨려 들어간 것인지도 모른다. 기억 저편 깊은 곳 언제부터인가 있어온 공간.

손으로 만질 수 없고 닿을 수도 없는, 물질계보다 더 높은 곳에 위치한 무엇. 흑암과 혼돈이 공허와 더불어 머무는 광대무변한 텅 빔. 실체는 찾을 수 없었다. 아무것도 없었다.

*조지아 오키프(1887~1986) : 미국의 현대 여류화가. 꽃의 에로틱한 묘사로 유명하다.

임상태

2011년 『문학나무』 겨울호 미니픽션 부문 신인상 수상.

후 보 작

전 이 영

스마트소설

B대리, 아무렴

"곰 선생님, 은행동 다 왔는데요. 두산아파트는 어디쯤이죠?"

곰은 무엇이 못마땅한지 깊은 숨을 내쉰 후 감긴 눈을 힘겹게 뜬다. 곰의 인상이 한 번도 상상하지 못한 표정으로 구겨져 있다. 두툼한 어깨살 때문에 우스운 모양이지만 곰은 나름 팔짱을 끼고 있다. 그의 겨드랑이 틈에 겨우 보이는 손톱에 빛이 난다. 네일아트를 했는지 말려들어가는 손톱의 틈새에 아교가루가 채워져 있다.

"사람들은 하나같이 왜 그래? 직업의식이 있긴 해? 대리가 손님한테 뭘 묻는 거야? 그것도 술 마신 동물에게."

아무렴. 그리고 곰은 알아들을 수 없는 말로 길 설명을 한다. 그러나 그때만큼은 사람이 이해하기 힘든 짐승의 소리로 들린다. 나는 내 귀를 후비고 귀를 기울였지만 곰의 설명은 끝났는지 손톱을 튕기고 있다. 다시 묻고 싶지만 영양공급이 충분한 그의 손톱이 된 발톱의 빛을 본 사람이나 동물은 몸이 저

절로 움츠려들 수밖에 없을 것이다. 룸미러로 보니 곰은 딱히 어딘지 모를 곳을 향해 쏘아보고 있다. 그 대상이 나인지, 세상인지, 혹은 자신인지 모르겠다. 곰의 입술이 씰룩거릴 때 이빨에 낀 대나무 이파리 조각이 보였다. 창밖의 조짐이 이상하다. 눈이든 비든 몰려올 것 같다.

집에 있는 B가 생각난다. 이런 날씨면 어김없이 부침개를 해달라고 할 것이다. 권고사직을 당한 지도 3년이 지났다. B의 우울 증세가 나를 더 우울하게 하고 있다. 한 탕만 더 뛰고 막걸리를 사가지고 집에 가야겠다. 한 푼이라도 더 벌어야 한다. 곰이든 뭐가 됐든 불러주니 감사할 일이다.

"죄송합니다. 은행동은 알지만 원체 아파트가 많아서요."

곰의 눈과 마주치지 않기 위해 나는 흐릿해지는 정면을 주시한다. 곰의 실룩이는 주둥이를 보면서 여차하면……, 나는 고개를 젓는다. 내 재킷조각이 그의 이빨에 낀 상상을 뿌리치듯.

"이봐, 아줌마. 곰이 은행동 두산아파트 가자고 했으면 대리가 돼서 두산아파트에 딱 내려줘야 하는 거야."

처음 전화통화 할 때부터 목소리에서 취기를 느꼈지만 그래도 곤란하게 됐다. 네비의 잭도 빠져 있다. 안 그래도 시비를 걸려고 기회를 노릴 동물을 두고 창문을 열어 사람들에게 물어볼 수도 없다. 곰에게 어떤 시비를 당할지 모를 일이다.

"죄송합니다. 다시 한 번 알려주신다면……."

나는 이 일을 하면서 죄송합니다가 입에 붙었다. 정말 뭐가 그리 죄송한지. 술 취한 곰의 말을 알아듣지 못하는 사람이 취하지 않았던 것이 죄송할 일인지도. 또다시 언어로 들리지 않는 짐승의 소리가 컹컹, 왈왈댄다.

"얼른 가."

도대체 어디로 얼른 가라는 건지. 하는 수 없이 나는 추측을 해본다. 아파트 이름이 10개가 넘는 대단지, 큰길에선 본 기억이 없으니 뒷골목. 다행이 내가 아는 한 좌측에는 두산이란 아파트는 없다. 직진하면 은행동을 벗어나 대야동으로 들어가니 우측일 것이다. 아, 추측을 하다 보니 어릴 때가 생각난다. 나는 어릴 때부터 꽤나 똑똑하다 소리를 들어왔다. 아마도 셜록 홈즈, 알센 루팡, 형사 콜롬보 등을 좋아했던 것이 이유가 됐을 것이다. 나이가 들어가면서도 아가사 크리스티, 명탐정 코난, 소년탐정 김정일까지 추리물을 섭렵했다. 나름 주의, 집중력을 훈련해오면서 탐정이나 형사, 해결사가 되리라 했다. 그 노하우가 이렇게 동물의 차와 목숨을 대리하게 될 줄은. 하긴 대리운전을 한다는 것도 고도의 주의 집중력이 필요하긴 하다. 아무렴.

아직까지 나는 대리운전을 할 때마다 움츠려 든다. 사람이든 동물이든 술을 마시면 모두 매 한가지로 포악하고 간사하기 이를 데 없다. 내가 알던 순한 동물의 캐릭터 역시 여지없이 무너진다. 아, 언제부터 동물의 시대가 됐는지는 기억나지 않는다. 평소에는 그들이 있기나 한지 몰랐다. 대리운전을 시작하면서부터 이렇게 많은 동물들이 사람을 대리로 부르는 것을 알게 됐다.

한갓진 곳에 오리, 닭 등의 조류 이름을 가진 식당과 몇 개의 아파트가 있다. 참 이상하다. 와 삼겹살, 국민정육, 조류 농장 등의 이름은 있지만 내가 알기로 곰이 들어간 곳은 팬시점밖에 없다. 푸라고 했던가. 하여튼 천만다행으로 두산아파트 건물이 보인다.

"주차해 봐."

우리끼리 똥콜이라고 하는 은어를 이런 차를 두고 한 말이다. 외진 곳에서 콜을 하고 또다시 콜 받기 힘든 외진 곳. 게다가 스틱은 몇 천 원 더 줘야하기 때문인지 콜한 사람은 굳이 스틱이라고 말하지 않는다. 하긴 처음부터 곰이라고 밝히지도 않는데 스틱이든 오토든 무엇이 더 문제가 될까. 아무렴. 또 외제차보다는 차라리 화물차가 편하다. 외제차를 끄는 동물들은 절대 팁이란 있을 수 없고 한치도 용서할 수 없는 정확한 주차, 조작키에 서툴다면……, 먹이를 포획하며 질러대는 짐승의 소리와 함께 내 목 언저리에 구멍이 날지도 모른다.

곰이 양복 안주머니에서 돈뭉치를 꺼낸다. 천 원짜리가 꽤

묵직하지만 그 속에서 천 원짜리 두 장과 만 원짜리 한 장을 기가 막히게 찾아낸다. 돈을 받기 전까지 기다리는 이 시간은 언제든 어색하고 치사하다 싶다. 하긴 네일아트까지 한 곰의 두툼한 손이 익숙하게 돈을 뽑아내는 것은 더 어색하다. 가로등에 비치는 그의 손톱 빛에 피식 웃음이 새어나온다. 그의 이빨은 왜 이리 추접스러운지. 기대도 하지 않았지만 나는 속으로 덩치 값 좀 해라, 하고 비웃는다.

희한한 것은 사람이든 곰이든 아무리 술이 취해도 돈 계산만큼은 명확하다는 것. 내 참, 더러워서. 또 하나의 의문이 생긴다. 수많은 동물들이 건네는 지폐에는 영락없이 동물그림이 없다. 내가 어릴 때부터 위인이라고 가르침을 받았던 인물, 사람이다. 하지만 인물이 들어간 돈을 사용하는 것은 동물들이다. 아무튼. 세종대왕과 이황 선생 두 분을 내 작은 포켓에 넣고 습관이 잘 든 인사를 한다.

"네 감사합니다. 편히 쉬십시오."

나는 필요 이상의 낮은 각도로 꾸벅 인사하고 뒤돌아선다. 대리를 부르는 동물들은 두 종류다. 얼마 안 마신 동물과 많이 마신 동물. 얼마 안 마신 동물은 꼭 대리를 부른다. 안전을 먼저 생각하는 인지상태이기 때문이다. 그런 류는 제 스타일을 고수하며 차선까지 지적질이다. 그러나 사람이 문제이다. 많이 취한 사람은 꼭 자신이 운전하려고 드는 짓거리를 해댄다.

애초부터 이런 사람을 가려내어 배차취소해서 500원의 벌금을 물리는 게 낫다. 맹하고 있다가는 코를 골고 자버리는 것이 태반이니까. 네비게이션이야 차마다 다 있지만 업그레이드는 커녕 터치도 안 되는 경우가 허다하다. 처음 만나자마자 정확한 목적지를 묻는 버릇이 몇 번 당해서 생긴 것이다.

하여튼 빨리 잊는 게 대수다. 인생까지 허무하게 만들면서 내 자신을 비관하게 될지 모를 생각은 접어두고 핸드폰을 켰다. 오더종료를 누르고 그새 정지된 프로그램을 다시 띄운다. '띠리, 띠리릭' 쭉쭉 콜들이 올라온다. 재빠르게 출발지, 도착지, 가격을 눈으로 읽는다. 삼미시장, 정왕동, 만 오천 원. 재빠르게 클릭하지만 늦었다. 자대(자동대기)인지, 자배(자동배차)는 그리 믿을만하지 않다. GPS로 가까운 기사부터 배정된다고 한다. 하지만 딱히 그런 것만도 아니다. 자사기사부터 배정하는 것이 뻔하다. 그러니 그리 열심히 찍을 필요가 없다. 아무튼 드디어 번화가로 나왔다.

앗, 대리잖아. 주변이 대리밭이다. 술을 마시는 동물보다 대리운전 하는 사람이 더 많은 세상이 돼버렸다. 내 차례까지 오려면 똥콜밖에 없다. 약간 걸어서 제법 술손님이 많은 식당 밖에서 대기한다. '띠리 띠리릭, 띵동, 찰칵……. 내 핸드폰에는 아이콘, 로지, 콜마너 세 프로그램이 깔려있다. 그전에 나누리III 라는 프로그램을 깔았기 때문에 세 회사의 프로그램이 한 면으로 보여 클릭속도를 줄여준다. 이젠 소리로 구분을 하기도 한다. 제각각의 회사마다 띵동, 찰칵, 띠릭이다. 또 띠리릭은 계속 되는 콜 소리, 띵동, 띵동 급하게 울리는 것은 자대이다. 하필이면 내가 몸담은 회사는 똥콜만 들어오는 별로 영양가 없는 회사다. 하지만 상관없다. 앞으로도 대리기사는 늘어만 가니까.

'호박관광나이트, 포동, 만 이천 원'. 재빠르게 잃어버린 펜 마우스 대신 몽당연필로 클릭한다. 와우, 운이 좋았다. 내 것이다. 그러나 잠시 쭈뼛거리게 된다. 내가 사는 동네이다. 그렇지만 포동의 술 마시는 인구가 몇 명인데, 또 내가 아는 사람 만나리라는 확률도 낮다. 나는 통화를 한다. 여자의 목소리가 낯설지 않다. 어디까지나 내 기우에 지날 것이다. 세상에 목소리 비슷한 사람이 또 얼마나 많을까. 아무렴.

호박나이트까지 약 1.5키로. 숨이 차오도록 뛴다. 다리까지 후들거린다. 간판이 보이자 숨을 고른다.

"대리기사입니다. 나이트클럽 앞입니다."

나이트클럽 밖 도로변에 주차되어 있는 렉스턴 흰색 차량, 동물 몇 마리가 탔는지 희뿜해서 운전석 창문을 노크한다. 문이 열리자, 갑자기 가슴이 멍하다. 아는 사람이다. 아니 그녀는 언제부터 그랬는지 토끼가 되어 있다. 그녀의 한쪽 눈은 검은 반점으로 털색이 다르다. 그렇담 아까의 곰도 처음엔 사람이었는지도 모른다.

토끼가 취한 척 나를 외면하고 있다. 나를 외면하는 그녀의 눈이 여느 토끼의 눈보다 빨갛다. 직업에 귀천이 없다는 것을 믿지는 않지만 그녀가 나를 외면해주면서부터 나는 쪽팔리기 시작한다. 같이 외면해줘야 하는 룰이 생겨버렸다. 처음부터 아는 체했더라면 가볍게 '그렇게 됐어.' 하고 말 일인데. 룸미러에 비친 내 눈도 토끼의 눈처럼 붉어져간다.

"얘, 네 파트너 말이야. 족제비인 주제에 왜 스컹크인 척하니? 술값 아까우면 집에 가서 막걸리에 빈대떡이나 부쳐 먹지 나이트클럽 룸이 웬 말이니?"

코맹맹이 목소리에 룸미러를 보니 아이보리빛 양이다. 그녀의 털은 브릿지로 부분 염색을 넣어 양인지 몰라보게 화사했다. 토끼는 나를 의식하는지 대화가 매끄럽지 못하다. 하긴 내가 낸 통계에도 불구하고 나를 만난 것이나 그녀가 토끼가 된 통계는 어떻고. 아무렴.

거세지는 눈인지 비덕에 시야가 흐려진다. 아마 B는 늦어지는 나를 걱정하며 밤늦게 다닌다고 오해의 잔소리를 해댈지 모르겠다. 바짝 긴장해서 미끄러운 노면을 조심스럽게 달린다. 자칫 실수라도 한다면 하루벌이, 아니 몇 달 번 것을 날리는 수가 있다. 아, 초긴장하니 목이 마르고 얼굴이 화끈거린다. 시야를 확보하려니 온몸은 긴장으로 조여 온다. 그런 중에도 룸미러에 내가 아는 토끼가 흘낏 거릴 때마다 마치 내게 윙크하는 것만 같다.

아 헷갈린다. 반점 토끼란. 그녀의 반쪽 눈의 감정을 읽기가 어렵다. 만취해서 충혈된 붉은 눈을 제외하고는. 무슨 이야기인지 양이 곱슬 털을 부르르 떨며 웃어댄다. 색색의 털들이 떨리니 브릿지 염색의 붉은색도 파랑도, 노랑도 모두 무채색으로 변한다. 양의 털이 날리자 토끼는 앞니를 드러내며 재채기를 한다.

드디어 신호를 받고 우회전이면 목적지다. 늦었지만 슈퍼를 들러 막걸리를 사고 B에게 부침개를 해줄 수 있겠다.

"우리 기분도 그런데 2차 할까?"

코맹맹이 양의 소리다.

"아냐. 너무 늦어져. 기사님, 저기 아파트 가기 전 슈퍼 앞에서 세워주세요."

토끼가 손사래를 젓는다.

"어머 저기 족제비 그 사람 아니니?"

양이 가리키는 곳을 보니 차키를 건네받는 족제비……, B였다. 잔돈을 기다리는 양의 모습을 보니 내 손에는 만 오천원이 있다. 목에 둘러맨 지갑에서 거스름돈을 찾는 내 손이 떨리고 있다.

"얘, 잔돈은 받지 마."

토끼의 속삭임이 평소의 말보다 더 크게 들린다. 내 손에 들려있는 3천 원과 B에게 건네주는 대리의 손에 들린 3천 원이 보인다. 내 잔돈을 B에게 준다면 저 대리는 양에게 줘도 되는데……. 아니 처음부터 내가 B를 대리하면 되는데…….

잔돈을 받은 그의 손이 어찌할 바를 모르는데 대리기사가 B에게 꾸벅 인사하고 사라진다.

"미, 미안해."

그의 혀가 두 가닥으로 갈라지며 딸꾹질을 해대고 있다. 집에 있어야 할 그가 왜 미안한 것인지. 내가 B를 위한 대리운전을 시작했으니 어쩌면 지금 B를 대리하는 것이 나여야 맞을 텐데. 이 사람은 어쩌자고 다른 대리를 불렀을까. 아무렴.

옵티마 프로그램에서 벨은 자꾸 울린다. 띵동, 띠리리리릭. ✗

토끼가 취한 척 나를 외면하고 있다. 나를 외면하는 그녀의 눈이 여느 토끼의 눈보다 빨갛다. 직업에 귀천이 없다는 것을 믿지는 않지만 그녀가 나를 외면해주면서부터 나는 쪽팔리기 시작한다.

전이영

1965년 서울 출생. 2009년 『문학나무』에 단편소설 「딸꾹질」로 신인상 수상. 2012년 소설가협회, 2012신예작가.

후 보 작

정 미 형

스마트소설

다시마 여자

밤이 깊었을 때 환하게 밝힌 두 개의 전등은 검은 바닥에 빛을 뿌렸다. 검은 물결이 바다처럼 일렁이는 곳. 미끈거리는 도톰한 질감의 검은 다시마가 물에서 빠져나온 여자인 양 누워 있다.

"넓은 언덕 위에 검은 머리를 푼 인어 같은 여자들이 달빛을 받고 누워 있다고 쳐. 바다 속엔 눈에 보이지 않는 다시마들이 자글자글 거품을 물고 있어. 그 소리만 들을 수 있다면 바다를 안다고 할 수 있지."

아무래도 상상으로 먼저 검은 다시마를 떠올려야 했다.

"바다야 한없이 무섭지. 하지만 사는 일만 하겠어? 열두어 살 여자애들 키만 한 검은 다시마들이 천지를 덮고 누웠고 달빛이 다시마를 비춰. 살아 있는 생물을 다루는 거야. 그 속에 누워 있어 봐. 짜르르 혼자 깊어지는 때가 있어."

그렇게 말한 이는 바다라는 것이 얼마나 넓고 끝없고 갖가지 소리가 숨어 있는지 혀가 꼬일 정도로 재빨리 말했다. 그리고 파도를 닮은 바다 속 다시마 잎의 부드러움에 대해서 '기똥차다' 라는 말밖에는 하지 않았다. 그곳은 오직 다시마로 밥을 먹고 다시마 속에서 잠을 자고 다시마 같은 사랑을 하게 된다고 그랬다.

"그곳에 살고 있는 사람 중에 다시마가 여자로 변한다는 얘기를 아는 사람은 거의 없어. 본 일이 있어야지. 그 다시마는 이제 다 네 꺼야."

바다 밑에서 다시마가 숲을 이루는 모습은 여름날 새벽 숲처럼 어슴푸레해서 그 속에 여자들이 숨어 지내는 것도 틀린 말은 아니라고 했다. 여기서 다시마 처녀를 찾아라고, 믿기지 않지만 너라면 볼 수 있을 거라고 꼬셨다.

배로 슬슬 밀며 기어 다니는 달팽이처럼 여자들이 땅바닥에 납작 엎드렸다. 여자들은 다시마를 재빨리 줄에 맞춰 촘촘히 널어놓는다. 여러 개의 줄로 구획을 나눈 넓은 다시마 작업장에 오후가 되면 바다에서 갓 따온 다시마가 들어온다. 공수마을의 바다횟집 옆길을 따라 트럭이 흔들거리며 들어오면 비릿한 바닷내가 코를 찔렀다. 다시마들이 트럭에서 쏟아진다. 그물에 터질 듯 담긴 다시마는 살아 있는 바다 생물 같다. 어디서부터 따라왔는지 파리 떼들이 다시마 그물에 윙윙 달라붙으려고 난리를 쳐댄다.

칼. 잘 벼린 식칼을 휘둘러 그물에서 꺼낸 다시마의 뿌리 부분을 자른다. 미끄러지듯 다시마 잎들이 툭툭 흩어져 내린다. 빨랑빨랑 널어. 일 분, 일 초라도 아껴. 햇볕이 아쉬워. 햇볕에 잘 말라야 부딪힐 때 맑은 소리가 난다. 하얗게 소금처럼 분이 돋아나야 한다. 다시마가 말라갈 때면 늘 머릿속이 환하게 거풍되고 뼈가 하얗게 육탈된 어느 고원의 풍장이 떠올랐다.

툭툭 칼로 다시마를 자르기 무섭게 일당을 받는 여자들은 제 몫의 다시마로 한 조각 한 조각씩 땅을 채워 나간다. 뜨거운 햇볕도 비를 몰고 오는 바람도 아랑곳하지 않는다. 빈 땅에 한 장 한 장 다시마를 까는 일은 마치 다시마로 언덕배기 조각보를 만드는 것 같다. 노동으로 가득한 이 다시마 작업장이 멀리서는 검은 퍼즐조각을 꼼꼼하게 맞추는 퍼즐판으로 보일 것이다. 바닷가 끝 횟집에서 들려오는 색소폰 소리가 바람에 밀려온다. 밤에 그 소리를 들은 적 있다. 그 소리에 다시마가 말라간다. 파도 소리만으로 여긴 너무 적막하다.

다시마는 열두어 살 아이 키만 하다. 간혹 어른 키에 가까운 다시마도 있다. 왼손과 오른손을 재빨리 놀려 다시마를 펴야 한다. 이곳에서 시간은 돈이고 다시마를 말리는 햇볕과 바람 또한 돈이다. 익숙한 손놀림을 가진 재빠른 여자들이야 말로 이곳에서는 보배 같은 존재였다. 작업장을 둘러보는 다시마 사장은 담배를 빡빡 피며 늘 자글자글 끓어오르는 햇볕보다 더 안달이 나 있었다.

바닥에 납작 엎드려 오직 다시마를 펼쳐두고 걷는 일로 하루를 보낸다. 한 획, 한 획 검은 다시마로 팔만 자의 경전을 만들어 가듯이 그렇게 언덕 위를 검은 다시마로 까맣게 채워둔다. 바람에 후들후들 흔들리는 다시마가 마치 벗어놓은 검은 공단 치마인 양 가슴이 설렌다. 밤이 다가와도 다시마들이 산처럼 쌓였다. 다시마는 바다에서 나오자마자 갯내를 풍기며 빠르게 시들어간다. 오후의 뜨거운 햇살이 폭풍같이 지나가고 허리 한 번 펴지 않고 엎드려 천 개의 다시마를 펼쳐 널어도 트럭이 쏟아 놓고 간 다시마를 다 널지 못했다. 다시마 줄에 매달린 여자들이 어둠 속에서 맹렬하게 손을 움직인다. 검은 다시마 위로 작업장 불빛과 달빛이 몰려온다. 바다 속 다시마 숲을 옮겨 놓은 듯 보인다. 간단하지만 길고 긴 작업. 묵묵히 천 번, 만 번을 해야 한다. 어떤 인생이든 다시마 널기처럼 묵묵히 천만 번. 눈물이 슬쩍 다시마 진액처럼 나온다.

밤이 깊어 달이 더 높이 올랐다. 공수마을의 해안가 갯바위에 칭얼대는 젖먹이를 달래듯 파도가 물거품을 만들었다. 뿌연 야크 젖 같은 물거품. 바다 한가운데에서 생겨났지만 해안가 갯바위에게 적막함을 투정하는 파도들이 야크 젖처럼 터지고 있었다. 여기서 평생 다시마 널며 파도를 세어 보기.

“쟈가야, 여기 빨리 밥을 더 가져와라. 밥이 없으면 너를 널어버릴테니.”

등을 숙인 늙은 여자가 소리를 질렀다. 멀리 다시마 속에 파묻혀 있던 다른 여자들이 웃었다. 여자들은 어둠속에서 그저 파란 모자이거나 꽃무늬 헝겊 모자로 구별된다. 쟈가, 너는 검은 장화를 신은 걸음으로 트럭에서 부려놓은 다시마 다발에서 가장 싱싱한 다시마를 골라 칼로 자른다. 너의 검은 장화는 묵묵히 지구 반 바퀴를 돌아 이 바닷가 땅을 저벅저벅 밟는다. 오직 칼로 다시마를 자르는 소리만이 고요 속에 풀을 베듯 슥슥 들린다

밥 달라는 말은 다시마를 가져오라는 말이다. 쟈가, 네가 아는 한국말은 '밥'과 '빨리'. 그리고 '몰라'다. 사람들이 아무렇게나 부르듯 부르는 너의 이름에서 몽골의 바람과 버터차 냄새가 난다. 넌 몇 년 전 내륙의 모래바람에서 이곳으로 왔다. 그곳은 모래바람에 사방이 움직이는 모래성이 되어버리는 곳이라고 했다. 처음 너는 바닷바람에도 알타이 산맥에서 부는 달콤한 바람 맛을 느끼려는 듯 콧구멍을 벌름거렸다. 두 달 전 네 어머니가 소식을 전했다. "쟈가, 네 덕분에 푸른 유리창이 달린 작은 집을 샀구나. 그곳의 바다도 이 푸른 유리창처럼 파랗겠지." 네가 이 년 동안 장화를 신고 일해 온 그 돈으로 너의 가족은 꿈만 같던 집을 샀다. 그래서 집에 돌아가고 싶어도 넌 다시마를 떠날 수가 없다. 넌 이 바닷가 마을의 바닷물이 네가 알고 있던 알타이 산맥과 연결되었을 거라고 스스로

위안한다. 처음엔 다시마 물결 속에서 잠을 잔다는 다시마 여자를 보고 싶어 했지만 지금의 너는 그걸 믿지 않게 되었다. 오직 고향에 갈 때까지 너는 네가 갖고 있는 칼을 놓지 않기로 했다. 다시마를 베는 그 칼. 다시마를 묶는 파란 비닐 끈과 허리에 찬 식칼과 장화만으로 너는 긴 하루를 산다. 바다에서 다시마를 건져오고 품삯을 받는 여자들에게 다시마를 분배하고 다시마를 널고 다시마를 건조기계에 넣기 위해 오 킬로쯤 떨어진 건조장으로 드나든다. 바싹 마른 다시마를 규격에 자르고 새벽에 일어나 비닐 포장한다. 오직 허리에 찬 칼 자루 하나로 다시마 팔만 장을 해치운다. 어릴 적 여자친구. 여자의 이름이 무엇이었던가? 기억나지 않는다. 이제 모든 여인의 이름은 다시마다.

오늘밤 달빛에 검은 물결을 이루던 다시마 위에 장화를 벗고 너는 누웠다. 몽골의 그 울란바토르 파란 유리창이 빛나는 집이 아니라 멀리 용궁사가 바라보이는 이곳 바다 마을에서 쟈가, 너는 다시마 여인을 만나는 꿈을 꿀지도 모른다. 어쩌면 은밀하게 깊어져서 바닷속 깊은 줄에 매달려 다닥다닥 피어나는 다시마 포자처럼 너를 터트릴지도 모른다.

밤이 깊어 아무도 없는 작업장에 불빛도 꺼졌다. 검은 공단치마를 훌훌 털듯 바람에 다시마들이 몸을 파르르 떤다. 번들번들한 물기가 조금씩 마르며 다시마들이 수런거린다. 쟈가,

이렇게 긴 숨을 참아가며 말하는 나는 네가 잊고 있는 바로 그 다시마 여자다. 한 번도 사람들의 눈에 띈 적이 없는 다시마 여자. 이토록 비릿한 다시마의 냄새에서 멀리 초원지대의 야생동물 냄새를 맡을 수 있는 오직 한 존재다. 내가 오래전 인어였는지, 바닷속 해초였는지 잊었지만 난 바람에 몸을 뒤척이는 저 많은 다시마 속에 지금 숨어 있다.

정미형

2009년 『한국소설』 신인상으로 등단. 발표작 「당신의 일곱 개의 가방」 「자장가를 불러주세요」 「나무가 꾸는 꿈」 「나의 펄 시스터즈」 「온정별곡」 「불의 하루」.
snowbell81@ hanmail.net

후 보 작

조 영 한

스마트소설

한밤의 전화

전화는 아직 오지 않았다.

그는 부드러운 재질의 가죽 소파에 앉아 브라운관에 떠오른 아나운서를 바라보았다. 백발의 아나운서는 서늘하고 정확한 발음으로 얼마 전 스웨덴에서 일어난 살인 사건을 보도하고 있었다. 화면으로 노랑과 파랑이 뒤섞인 스웨덴 국기가 나타났고 뒤이어 카빈총을 난사하는 괴한의 모습이 또렷이 도드라졌다. 사람들은 놀라서 도망을 쳤지만 몇몇은 총알에 맞아 노면으로 고꾸라졌다. 그는 어두워진 눈으로 피 묻은 시멘트 바닥을 보다가 화면 왼쪽에 그려진 국기를 흘끔거렸다. 격자로 나누어진 국기의 형태가 예리한 느낌을 자아냈기에 그는 눈이 따가워지는 것을 느꼈다.

화면이 바뀌었고 스웨덴에 관한 소식은 더 이상 나오지 않았다. 그는 텔레비전을 끄고 벽에 걸린 시계를 쳐다보았다. 야광을 바른 시침이 숫자 팔을 가리키고 있었다. 그는 허전해진 배를 쓸더니 소파에서 일어나 베란다 언저리로 갔다. 초저

녘까지 어수선했던 바깥은 소음이 약간씩 들려오긴 했지만 몹시도 조용해져 있었다. 그는 벨벳으로 짠 커튼을 걷고 길가에 나앉은 사람들을 확인했다. 집 앞에 늘어선 가로수들이 흔들릴 만큼 바람이 강했음에도 사람들은 비닐이나 돗자리를 깔고 앉아 젓가락을 부산히 놀리고 있었다. 그는 사람들이 쥔 둥그런 그릇과 젓가락에 낀 새까만 면발을 보고는 혀를 끌끌거렸다. 그중에서도 식사를 마친 일부는 어깨에 카메라를 든 채 담장에서 서성이고 있었다.

그는 커튼을 닫고 부엌으로 갔다. 식탁에는 잘게 썬 파들을 담은 용기가 있었고 가스레인지에는 회색 솥이 덩그러니 놓여 있었다. 그는 솥뚜껑을 열어 큼직한 소뼈와 뿌옇게 우러난 국물을 살피고 헛구역질을 했다. 코를 파고드는 비린내가 역했고 살점이 거덜 난 뼈다귀는 추레해 보였다.

그는 거실로 돌아와 아내에게 전화를 걸었다. 아내가 전화를 받자 그는 집에 언제쯤 돌아올 거냐며 간곡하게 물었다. 아내는 깊은 탄식을 내뱉었다.

"당신은 십일월만 되면 극도로 과민해져요. 그래서 못 돌아가겠어요."

그녀는 다음달에 오겠다는 말만 남기고 전화를 끊었다. 그는 수화기를 팽개치려다 몇 차례 한숨만 내쉬고 중국집에 전화를 걸었다. '그' 만큼 늙은 사내가 전화를 받았는데 목소리는 잠기가 오른 듯 흐리고 낮아서 알아듣기 어려웠다. 그는 소리를 높이더니 자장면 한 그릇과 군만두 한 접시를 배달해달라고 했다. 사내는 말없이 전화를 끊었다.

그는 어둡고 냉랭한 서재로 들어갔다. 방 안은 남쪽에 자그마하게 뚫어둔 창문을 제하면 삼면이 책장으로 둘러싸여 있었다. 그는 불을 켠 뒤 파랗게 채색된 자신의 책상에 손을 얹었다. 책상은 니은(ㄴ)자였고 굽이진 부분에는 크고 작은 책들이 층층이 쌓여 있었다. 그는 어저께 읽다 만 책을 집어 들고 방석을 깐 의자에 앉았다. 그는 책을 펼치더니 속지에 인쇄된 작가의 사진을 응시했다. 작가는 그보다 훨씬 젊었지만 저명한 상들을 휩쓴 덕분에 세계적인 대가로 인정받는 인물이었다.

그는 눈을 감고는 재작년 호텔에서 작가와 만났던 일을 기억했다. 작가는 중년에 들어선 남자답지 않게 몸매가 날씬했고 주름도 없었으며 열 살은 젊게 보일 만큼 빼어난 동안이었다. 그와 작가는 긴 시간 동안 영어로 대화를 나누었는데 말이 이어질수록 그는 스스로가 졸아드는 느낌을 받았다. 작가의 말에는 젊은이의 자신감이 넘쳤지만 그의 말에는 연장자의 피로감이 녹아들고 있었기 때문이었다. 작가는 순식간에 초췌해진 그의 안색을 살피고는 미소 띤 입으로 말했다.

"저도 매년 십일월마다 우울했던 기억이 있습니다. 선생도 그러하십니까?"

그는 작가를 가만히 주시하다 실주름이 무늬를 이룬 자신의 손등을 보았다. 작가는 어색해진 분위기를 파악한 듯 썰렁한 농담을 던지며 분위기를 바꾸었다. 주변에 있던 사람들은 영국인 특유의 악센트가 느껴지는 발음에 하나같이 폭소를 터트렸지만 그는 굳어진 얼굴을 쉽사리 풀지 못했다.

그는 책을 덮고는 구석에 세워진 거울을 들여다보았다. 머리털이 센 노인이 작고 우묵한 눈을 깜박이며 노여운 표정을 짓고 있었다. 광대뼈가 불거진 볼에는 검버섯이 섞여 있었고 수염이 거칫하게 자라난 턱 밑으로 군살이 늘어져 있었다. 노기가 느리게 가라앉자 이제는 침울한 기색이 얼굴에 선명히 드러났다.

그가 거실로 나왔을 때 바깥은 소란스러웠다. 그는 베란다로 가려다가 피로감을 느끼고는 아까처럼 소파에 앉았다. 소란은 조금씩 잦아들었고 곧이어 날카로운 초인종 소리가 집 안에 울렸다. 그는 현관으로 가 문을 열었다. 쪽빛 점퍼를 입은 노인이 안으로 들어왔는데 턱이 각지고 어깨가 다부진 것이 싸움꾼을 떠올리게 하는 인상이었다. 노인은 철가방을 소리 나게 내려놓고 일회용 용기에 담겨진 음식을 바닥에 꺼냈다. 그는 하얀색 용기에 담겨진 자장면과 군만두, 단무지를 멀거니 내려보았다. 노인은 젓가락을 아무렇게나 뿌리더니 크고 험상한 손길을 내밀었다. 그가 바지 주머니를 쑤석이는 사이 노인은 까칠한 음성으로 물었다.

"이봐요, 선생."

그는 돈을 꺼내며 눈을 가늘게 떴다.

"왜 매년 이맘때만 우리집에서 음식을 시켜먹는 겁니까?"

그는 잠시 생각하는 모습을 보이더니 스스럽게 웃었다.

"이맘때 먹는 자장면 맛이 맛있다오."

노인은 돈을 받고 철가방 문을 닫았다. 그는 접시들을 주웠고 노인은 문을 나서기 전에 신경질적인 목소리로 말했다.

"바깥에서 죽치고 있는 새끼들 좀 쫓아버리슈. 어떤 놈이 나한테까지 마이크를 들이밀기에 정말이지 한 대 때리려고 했소."

노인은 현관문을 밀치고 밖으로 나갔다.

바깥은 전처럼 시끄러웠고 노인의 짜증스런 외침이 간간이 들려왔다. 그는 소파에 접시들을 부려 놓고 겹겹이 포장된 비닐을 뜯었다. 양은 푸짐했고 기름내는 고소했다. 그는 젓가락을 집더니 칠흑빛 윤기가 흐르는 면부터 허겁지겁 먹어대기 시작했다. 식욕은 젊은이처럼 왕성했고 젓가락질은 속도를 다투듯 급했다. 결국 접시에 있던 음식물을 깨끗이 비웠음에도 그는 허기가 가시지 않은 눈길로 브라운관을 쳐다보았다.

화면이 번하게 켜지면서 어여쁜 기상 캐스터가 손으로 지도를 가리키며 반도(半島)의 날씨를 설명하고 있었다. 국내 지도는 세계지도로 확장되었고 각국의 기후들은 초록빛 영토 위에 기호로 떠올랐다. 그는 눈앞에 들어오는 세계를 보면서 반도의 이름들을 나지막이 중얼거렸다. 아라비아, 이베리아, 이탈리아, 스칸디나비아…… 캐스터가 자취를 감추자 그는 쿡쿡 쑤셔오는 명치끝에 손바닥을 붙였다. 실내는 고요했고 바깥은 부산했으며 그는 가슴으로 서서히 파고드는 통증에 불안해하고 있었다. 통증은 먼지처럼 가벼워졌다가 방심한 순간이면 그의 숨길을 압박할 듯 깊고 무거워졌다.

그는 이마에 진땀을 짜내며 원망이 배어나는 시선으로 전화를 노려보았다.

전화는 아직 오지 않았다.

그는 어둡고 냉랭한 서재로 들어갔다. 방 안은 남쪽에 자그마하게 뚫어둔 창문을 제하면 삼면이 책장으로 둘러싸여 있었다. 그는 불을 켠 뒤 파랗게 채색된 자신의 책상에 손을 얹었다. 책상은 니은(ㄴ)자였고 굽이진 부분에는 크고 작은 책들이 층층이 쌓여 있었다.

조영한

1989년 경기 안산 출생. 2013년 『경향신문』 신춘문예 등단. 현재 한신대학교 문예창작학과 재학 중.

cho890704@nate.com

후 보 작

정 승 재

스마트소설

에드워드 스노든

7월 초의 눈개비 오는 날이었다. 나는 금호동 해병대산 우듬지에 있는 작은 집 앞에 있었다. 금호동 산 1344번지에 있는 무허가 건물이었다. 죽은 어머니로부터 물려받은 유일한 재산. 재개발을 앞둔 비어 있는 집. 내가 또 이 집에 와 있는 것이었다. 그것은 비만 오면 금호동으로 향하는 내 습성 탓이기도 했지만, 비가 오는 날에는 벌레구멍이 더 잘 열린다는 이유도 있었다. 그때 갑자기 에드워드 스노든이 내 앞에 나타났다. 땅에서 솟아난 듯, 하늘에서 떨어진 듯, 느닷없이 그가 나타났다.

전날부터 내린 비였지만, 양은 많지 않아서 골목 밑으로 흐르는 하수구에서도 물소리는 들려오지 않았다. 내가 어렸을 적, 이곳 금호동에 살 때에는 비가 그친 후 도랑을 따라 녹슨 못 깡통 동전 등 쇠붙이를 줍곤 했었다. 그 작은 도랑은 이제 포장된 하수구로 변해 있었다. 물론 해병대산에서 흐르는 물줄기도 그 하수구를 통해 한강으로 흘러들고 있을 것이었다.

그러나 물소리가 들리지 않는 것으로 보아 간밤에 내린 비는 그냥 땅을 적실 정도뿐이었지 땅 깊숙이 스며들어 땅속의 그 어떤 생명체에게 물을 공급할 수 있을 정도는 아니라고 생각되었다.

미국 국가안보국(NSA)의 감시 프로그램을 폭로한 스노든이 지구 한가운데에 지하도시가 존재한다고 폭로한 것은 벌써 1년 전의 일이었다. 그러나 나는 이미 40년 전에, 지구 한가운데에는 핵이라는 무거운 물질이 아닌, 외계인이 살고 있을 것이라고 추측했었다. 그렇지 않고서야 하늘에서 쏟아지는 빗물이 땅속으로 스며들 수도 없는 것이었고, 땅속에서 물이 솟구쳐 올라오는 것도 나는 이해할 수 없다고 생각했다. 지구 내부에 외계인이 살고 있다고 폭로한 이후 스노든은 미국정보부의 집요한 추적을 피해 도망다니고 있었다. 그들을 따돌리고 세계를 떠돌던 스노든이 갑자기 금호동 내집 앞에 나타났다. 그는 내가 지하도시로 통하는 벌레구멍을 알고 있다는 것을 안다고 말했다. 나는 그렇지 않다고 강변했지만, 그는 이미 내가 벌레구멍을 통해 과거의 나와 미래의 나를 만나고 온 것을 알고 있었다. 나는 그것을 어느 누구에게도 말한 적이 없었다.

결국 나는 또다시 벌레구멍으로 뛰어들어야만 한다. 이번에는 나 혼자가 아니고 에드워드 스노든과 함께였다. 그 이유는 여러분들도 추측할 수 있을 것이다. 스노든에 따르면 미국은 이미 외계인들의 존재에 대해 알고 있었고, 미국대통령은 매일매일 그들에 대한 보고들 받고 있다는 것이다. 미국인들은 왜 그런 사실을 자신들만 알고 있어야 한다고 생각한 것일까. 하긴 우리들은 국가기밀이라는 이유로 많은 것들을 알지 못하고 있다. 중요한 정치인들만 국가기밀을 알고 있다. 그런데 민주주의 국가에서 주인인 국민은 모르고 있는 사실을 정치인들은 알고 있다는 것이다. 외계인의 존재도 미국인들 모두가 알고 있는 것이 아니라, 미국의 중요 정치인과 국가안보국에 종사하는 고위직들만 알고 있다는 사실이다.

이러한 증거를 찾기 위해서라도 외계인의 세계에 가야만 한다고 스노든이 말했다. 문제는 내가 알고 있는 그 벌레구멍 속의 세계에는 외계인이 없었다는 사실이었다. 과거의 내가 있었고 미래의 내가 있을 뿐이었다. 즉, 벌레구멍은 지구인의 과거와 미래를 보는 시간여행의 통로였는데, 스노든은 그것을 외계인이 사는 세상으로 가는 통로라 믿었다. 그는 믿음의 문제라고 했다. 그동안 내가 시간여행을 할 뿐 공간이동을 하지 못한 것은 내 관심이 오로지 나 자신의 삶에 대해서만 집중되어 있었기 때문에 나와 연관된 과거와 미래만을 볼 수 있었다는 것이었다. 스노든은 자신의 삶이 아니라 자신과 함께 살고 있는 모든 생명체에 관심을 갖고 있다면, 타인의 삶, 심지

어는 외계인의 삶도 볼 수 있다고 설명했다. 그럴 것도 같았다. 그렇다면 나는 나 이외의 다른 사람들의 삶에 관심이 없었던가? 그렇지 않다고 늘 자부해왔다. 꽃동네에도 정기적으로 기부를 하고 있었고, 지하철에서 가짜 맹인을 만났을 때마다, 동전 하나라도 넘겨주어야 마음이 편한 사람이 나였다. 그것만으로는 부족했다는 뜻인가?

사실 스노든이 외계인의 존재를 폭로했을 때, 당연한 일이라고 나는 생각했다. 외계인이 존재하는 것도 당연한 일이고, 그 사실을 인간들 중에서 중요한 권력을 잡고 있는 자들은 알고 있다는 것도 당연하다고 생각했고, 그 사실을 숨기고 있는 것은 권력자들의 음모이므로 그것을 밝혀내 공표하는 것도 당연하다고 생각했다. 그러므로 나는 기꺼이 스노든을 숨겨줄 의향이 있었다. 가장 안전한 방법은 과거이든 미래이든 현재가 아닌 다른 세상에 숨기는 것이었다. 스노든의 말대로 그 외계인들이 살고 있는 곳에 숨기는 것도 하나의 방법이었다. 물론 그 외계인들이 미국정부와 은밀한 계약을 맺고 있어서, 그들이 스노든을 미국정부에 넘겨줄지도 모른다는 의구심이 아예 없었던 것은 아니다. 그러나 우리는 벌레구멍으로 뛰어들어야만 했다. 만약 지구 내부에 있는 외계인들과 지구를 지배하는 정치인들과 어떤 밀약이 존재한다 해도 우리는 가야만 했다.

스노든과 나는 금호동 집 안으로 들어갔다. 작은 나무대문을 밀고 들어서자 좁은 마당에서 바퀴벌레들이 사방으로 흩어졌다. 두 팔을 벌리면 벽에 손이 닿는 좁은 폭에 일곱 걸음을 걸으면 부엌에 다다르는 작은 앞마당이었다. 부엌 옆에 붙은 화장실에는 아직도 검은 연탄이 쌓여 있었다. 연탄을 치우자 벌레구멍이 나타났다. 우리는 그 벌레구멍 웜홀로 뛰어들었다.

우리가 둥글고 긴 웜홀에서 빠져나와 도착한 곳에는 키가 5미터쯤 돼 보이는 커다란 흑색 외계인과 미국의 백색 국가안보국 사람들이 매끄럽게 레이저로 조각된 듯한 금속건물 앞에서 우리를 기다리고 있었다. 건물 뒤에는 레이저 빔이 현란하게 움직이고 있었고, 도시의 모든 도로와 건물은 은빛을 내뿜고 있는 금속이었다. 은빛 도로 옆의 운하 위를 빛처럼 빨리 뭔가가 움직이고 있었다. 운하의 물은 잔잔했다.

정승재

2002년 『문학나무』 단편소설 「카페 밀레니엄」으로 신인상 수상 데뷔. 소설집 『내 남편이 대통령이었으면 좋겠다』, 소설집(공저) 『붉은 이마 여자』, 법학관련 저서 『법과 사회』 『스포츠와 법』 등 다수. 현재 장안대학교 행정법률과 교수. 한국스포츠문화법연구소 소장.
hongjusj@hanmail.net

후 보 작

채 영 신

스마트소설

맛있게 먹어요 2

언니가 왔다. 머리며 어깨며 콧잔등에까지 눈이 덮여 있었다. 말없이 집을 나선 지 네 시간 만에 언니는 숫제 눈사람이 되어 돌아왔다. 어디에 갔다 오는 거냐고 묻자 언니는 짧게 라면 사러, 하고 대답하며 커다란 스티로폼 상자를 현관에 내려놓았다. 나는 욕실 문고리에 걸어 놓은 수건을 언니에게 갖다주고 밖으로 나가보았다. 까만 밤, 하얀 눈. 어디선가 희미하게 크리스마스캐럴이 울려 퍼지고 있었다.

"처음엔 럭키슈퍼로 갔어. 문이 닫혀 있더라. 그래서 모닝슈퍼로 갔지. 근데 그 집도 문을 닫은 거야."

언니가 수건으로 물기를 훔치며 소파 옆에 깔아놓은 전기매트로 올라갔다. 담요를 끌어당기는 언니의 손이 불그뎅뎅하게 얼어 있었다.

"그래서 기찬마트로 갔는데 거기도 닫았어. 설마설마 하며 하모니마트까지 갔는데 그 집마저 문을 닫은 거야. 확 돌아버리겠더라. 크리스마스이브에…… 다이아몬드도 아니고 명품

백도 아니고 고작 라면을 사겠다고…… 이 추위에 말이지! 갑자기 오기가 생기더라. 그 자리에서 난 굳게 결심했다. 얼어 죽는 한이 있어도 빈손으로 돌아가는 일은 없다, 절대로!"

그래서 언니는 횡단보도를 건너 옆 동네로 갔다고 했다. 옆 동네 슈퍼들도 다 닫았으면 그 옆 동네, 그 옆 동네마저 다 닫았으면 그 옆 동네, 그런 식으로 지구를 반 바퀴 돌아서라도 라면을 구하리라고 결심했다나. 서른다섯 먹은 여자가, 언니 말마따나 다이아몬드도 아니고 명품백도 아니고 고작 라면 두어 봉지 때문에 절대로! 하며 주먹을 움켜쥐고 있는 장면을 떠올리자 저절로 한숨이 나왔다. 나는 싱크대로 가서 주전자를 가스렌지에 올렸다. 언니가 슬그머니 일어나 방으로 들어갔다. 나는 발소리를 죽이고 방으로 다가가 열린 문틈으로 안을 들여다보았다. 예상대로 언니는 약병을 열어 알약을 입안에 마구 털어 넣고 있었다. 나는 입술을 깨문 채 싱크대로 돌아와 덖어서 말린 감잎을 찻잔에 조금씩 담고 뜨거운 물을 부었다.

"너, 소설 쓰고 있었구나?"

언제 나왔는지 언니가 내 책상 앞에 서 있었다. 나는 언니에게 감잎차를 갖다 주었다. 언니가 노트북 옆에 놓인 공책을 펼쳤다. 지극히 평범한 여자와 잘생긴 남자가 그려져 있었다. 소설을 쓰기 전에 소설 속의 인물들을 스케치해보는 건 내 오랜 버릇 같은 거였다. 신이 흙으로 사람을 빚고 콧구멍에 후, 하고 숨을 불어넣어 생명을 준 것처럼 나도 내가 창조한 사람들에게 생명의 숨을 불어넣기 전에 형상을 빚어야 했다.

"어떤 내용인데?"

"작가가 자기 소설 속의 주인공들을 불러서 밥 한 끼 먹여 준다는…… 좀 황당한 얘기."

"제목은?"

"「맛있게 먹어요」"

"봐도 돼?"

"아직 첫 문장도 못 썼어."

내 목소리는 내가 듣기에도 뭐랄까, 좀 신경질적이었다. 언니가 한숨을 내쉬었다. 언니의 숨결에서 정로환 냄새가 확 풍겼다.

"난 있잖니, 네가 소설 같은 거…… 그만 썼으면 좋겠어."

언니가 하고 싶은 말이 뭔지 나는 알고 있었다. 글 쓰면서 네 얼굴이 많이 어두워졌다, 친구도 안 만나고 방에만 틀어박혀 이렇게 사는 게 안타깝다, 예전처럼 명랑하게 살면 안 되겠느냐, 뭐 그런 말들. 나는 화제를 돌리기 위해 언니에게 아까 하던 이야기를 상기시켰다.

"참, 그 얘길 하고 있었지. 그래, 나는 옆 동네로 갔어. 골목 입구에 슈퍼가 하나 있는데 거기도 닫았더라. 그래서 돌아서려는데 한 남자가 내 곁을 휙 지나치는 거야. 근데 있잖니,"

거기까지 말하고 언니가 침을 삼켰다.

"그냥 그 남자가 휙 지나쳤을 뿐인데…… 목소리를 들은 것도 아니고 모습을 본 것도 아니고…… 얼굴은커녕 뒷모습도 못 봤는데…… 참 이상도 하지. 그냥 그 순간에 난 알았어, 그 남자가 누군지."

"누군데?"

언니가 찻잔을 들더니 말릴 새도 없이 감잎차를 단숨에 다 들이켰다. 아직 많이 뜨거울 텐데 언니는 그 온도조차 느끼지 못하는 것 같았다. 언니가 내 얼굴을 뚫어져라 바라보며 대답했다.

"승환 씨."

승환. 작년까지 내가 형부라고 불렀던 남자. 머리부터 발끝까지 거짓말로 똘똘 뭉쳐있는 사람. 승환-거짓말=0. 작년 크리스마스이브에 언니는 가방 하나만 달랑 들고 얼빠진 모습으로 내 집으로 왔다. 언니는 아무것도 먹지 않았고 입도 열지 않았다. 며칠 동안 물도 먹지 않은 언니가 맨 처음으로 입에 넣은 게 약이었다. 죽으려고 먹은 게 아니라 자기 몸이 병균으로 득실거리는 것 같아서 약을 먹지 않고선 견딜 수가 없다고 했다. 언니는 아무도 만나지 않았고 전화도 받지 않았고 하루 종일 멍하니 허공만 쳐다보았다. 그러다가 퍼뜩 정신이 들면

방으로 뛰어 들어가 닥치는 대로 한 움큼씩 약을 쓸어먹었다.

"남자는 나를 지나쳐 골목길로 올라갔어. 나는 남자를 따라갔어. 근데 걸음이 빨라서 따라잡을 수가 없더라구."

언니의 목소리가 들떠 있었다. 꿈을 꾸는 듯 몽롱한 표정으로 언니가 허공을 바라보았다. 승환에게 청혼을 받던 날에도 언니는 꼭 저런 얼굴이었다. 하긴 승환 같은 남자에게 청혼을 받는다면 나였어도 마찬가지였겠지. 승환은 뭐랄까, 순정만화에서 막 걸어 나온 남자 같았다. 외모나 목소리도 멋있고 매너도 좋았으며 학벌이나 집안도 손색이 없었다. 직업도 좋았다. 그러나 승환은 언니에게 청혼하고 며칠 뒤에 말 한마디 없이 사라져버렸다. 언니가 여기저기 수소문한 끝에 알아낸 건 승환의 가족이 공항에서 서울로 돌아오다가 교통사고로 한꺼번에 죽고 말았다는 것과 승환이 가족의 장례를 치르자마자 직장에 사표를 던지고 중국으로 떠났다는 소식이었다. 승환이 다시 돌아온 건 그렇게 떠난 지 사 년이 흐른 뒤였다. 그는 요리사가 되어 돌아왔다. 왜 요리사가 되었느냐는 내 질문에 그는 이렇게 대답했다. "상해로 여행을 갔는데 그곳의 생선요리가 인상적이었어. 생선 한 마리를 갖고 머리에서 꼬리까지 다 양념을 달리해서 요리를 하는 거야. 그건 뭐랄까, 이미 요리를 넘어선 어떤 것…… 핵심에 다가갈 수 있는 길을 찾은 것 같았다고나 할까."

언니의 결혼생활은 행복했다. 행복하냐고 물을 때마다 언니는 대답했다. “승환 씨는 있잖니, 아침에 나랑 눈이 마주칠 때마다 이게 바로 기적이라는 생각이 든대. 사랑하는 사람과 함께 마주볼 수 있는 게 바로 어마어마한 기적인 거래.”

하지만 그 행복은 삼 년을 넘기지 못했다. 승환의 모든 것이 거짓이란 걸 언니가 알게 된 것이었다. 승환의 가족이 교통사고가 아닌 화재로 숨졌다는 것을 우연찮게 알게 된 것이 시작이었다. 승환의 말 속에서 품위 있는 학자였던 아버지가 실상은 매일 술을 먹고 가족을 패는 주정뱅이였다. 그날도 그 주정뱅이가 술을 취해 어머니를 때렸고 동생이 미리 준비한 기름을 뿌리고 불을 질러 셋이 함께 죽은 거였다. 다음으로 알게 된 사실은 승환이 대학을 다닌 적이 없다는 것이었다. 이 사실이 무엇보다 언니를 많이 힘들게 했다. 대학 4년 내내 언니는 승환과 함께 강의를 들었고 동아리 활동을 했다. 언니는 언니 것과 똑같이 인쇄된 승환의 성적표를 직접 보기도 했다.

“미쳤어, 언니? 그 새끼 때문에 언니 인생이 어떻게 꼬였는지 몰라서 이래?”

“알아. 그래서 밉고 원망스러워. 하지만 시간이 지날수록 점점 그 사람이 가엾게 느껴져.”

“정말 가엾은 건 그 새끼가 아니라 언니야. 그 새끼는 처음부터 끝까지 완전히 치밀하게 시나리오를 써놓고 언니를 갖고 논 거라구. 내 앞에서 그 새끼 얘긴 꺼내지도 마, 언니."

"네 맘 알아. 나도 있잖니 그게 가장 견디기 힘들었어. 거짓말을 했다는 자체보다 어떻게 그렇게 태연할 수 있었을까……. 근데 시간이 흐를수록 그 사람보다 내가 더 나쁘다는 생각이 들어. 그 가엾은 사람을 가차없이 버린 내가 나쁜 년이라는……."

"그걸 말이라고 해!"

"그 사람 환자잖니. 마음에 병이 들지 않고서야 어떻게 사람이 입을 벌리는 족족 다 거짓말일 수가 있겠니?"

나는 팔짱을 끼고 언니를 쏘아보았다.

"처음엔 부러워서 그랬을 거야. 맨날 술 퍼먹고 식구들 두들겨 패는 아버지…… 근데 주변을 보면 행복한 사람들도 많잖아. 그걸 보고 부러워서…… 난 왜 저런 집에서 태어나지 못했을까 원망하다가…… 내가 저런 집에서 태어났더라면 어땠을까 상상해보다가…… 어느 순간 그 꼬맹이의 입에서 저도 모르게 거짓말이 툭 튀어나와버린 거야."

"언니!"

"몸에 병든 남편 버리면 나쁜 아내인 거 맞잖니. 마음의 병도 똑같은데 왜 아무도 나한테 나쁜 년이라고 손가락질하지 않지?"

"점점!"

"아, 하던 얘기부터 마저 할게. 아무튼 난 그 남자를 따라갔어. 아주 가파른 골목 끝에 남자의 집이 있었어. 지은 지 꽤 오래된 연립주택 일층이었어."

"……."

"난 그 집 창문으로 갔어. 남자가 불을 켜자마자 그 집 내부가 훤히 보였어. 근데 있잖니, 소파며 텔레비전이며 식탁이며…… 우리 신혼집과 똑같았어. 남자가 외투를 벗으며 내 쪽을 쳐다보는데 그 남자…… 승환 씨였어."

"……."

"식탁엔 상이 차려져 있었어. 승환 씨가 수저 두 벌을 마주보게 놓더니 초를 켜고는 형광등을 꺼버렸어. 그걸 보는데…… 알아, 이 말이 얼마나 이상하게 들릴지…… 흔들거리는 촛불을 보고 있는데 지금이 지금이 아니라는, 지금이 아니라 작년 크리스마스이브라는 생각이…… 아니, 생각이 아니라 깨달음이 오는 거야. 내가 그를 버리고 온 그날, 승환 씨는 그것도 모르고 혼자 상을 차려놓고 밤늦도록 나를 그렇게 기다렸던 거야. 난 주먹을 쥐고 창문을 두드렸어. 근데 내 손이 유리를 그냥 통과하는 거야."

"……."

"손을 뺐어. 유리가 깨지지 않았어. 난 머리를 들이밀어 보았지. 머리도 그냥 통과해버리더라구. 그렇게 나는 그 집으로 들어갔어."

"그래서?"

"그래서는 무슨. 조용히 밥을 먹고 일어났어. 나오려는데 승환 씨가 내 손에 저 상자를 쥐어주더라구. 게 사시미 먹어보고 싶다고 했잖아? 이러면서. 그 집을 나오는데 함박눈이 쏟아지기 시작하는 거야."

언니가 행복한 듯 웃더니 방으로 들어가 액자를 들고 나왔다. 부엉이와 원숭이, 천산갑 같은 걸 단순화해서 그린 그림으로, 승환이 중국에 있을 때 직접 그린 그림이었다.

"칭핑시장이야. 승환 씨가 힘들 때마다 찾곤 하던 곳."

액자를 들여다보며 언니가 말했다.

"승환 씨는 칭핑시장에 갈 때마다 거북이 잡는 장면을 봤대. 긴 칼날을 살아있는 거북이의 등과 몸통 사이에 푹 쑤셔 넣는데 그러면 있잖니 피가 왈칵 솟는대. 거북이는 네 발을 버둥대거나 머리를 위로 쭉 뻗기만 할 뿐 비명 한 번 지르지 않는대. 아니, 거북이의 비명을 사람이 알아듣지 못하는 거겠지만. 힘들 때마다 승환 씨는 그걸 보았대. 그러고 돌아오면 한동안은 그럭저럭 다 견딜 수가 있었대."

말을 멈추고 언니가 나를 돌아보았다.

"그것도 다 거짓말이었을까?"

언니가 울기 시작했다. 나는 우는 언니를 혼자 내버려두고 스티로폼 상자를 들고 싱크대로 갔다. 노끈을 풀고 뚜껑을 열자 커다란 크랩이 느릿느릿 다리를 움직였다. 나는 요리용 펜치로 게의 몸통에서 다리를 하나씩 떼어냈다. 내가 펜치 손잡이를 틀어쥘 때마다 빠직, 하는 소리와 함께 게가 다리를 버둥거렸다. 소리 없는 비명. 무언가가 내 속에서 퍽 소리를 내며 터졌다. 나는 손에 물이 묻은 채로 책상으로 가서 노트북을 켰다.

언니가 왔다. 머리며 어깨며 콧잔등에까지 눈이 덮여 있었다.

노트북을 그대로 켜둔 채 나는 싱크대로 돌아갔다. 접시에 얼음을 깔고 껍질을 반나마 벗겨낸 게의 다리를 올려놓았다. 그리고 식탁에 초를 올려놓고 와인과 잔 세 개를 갖다놓았다. 게 껍질에 찔린 손가락에서 피가 흘러나왔다. 휴지로 손가락을 돌돌 말고 라디오를 틀었다. 고요한 밤 거룩한 밤이 흘러나오고 있었다. 나는 초에 불을 켜고 형광등을 껐다. 그리고 자리에 앉아 그들이 오길 조용히 기다렸다.

한참을 기다렸다.

먼저 온 사람은 승환이었다. 승환이 가만히 내 맞은편 자리에 앉았다. 잠시 뒤에 언니가 왔다. 언니는 어디에 앉을까 망설이다가 승환의 옆자리에 앉았다. 나는 그들의 잔에 와인을 따랐다. 승환과 언니가 말없이 나를 쳐다보았다. 언니도 승환도, 나를 이해해달라는 말을 담고 있는 눈빛이었다. 나는 미안하다고 속으로 말했다. 행복하게 살도록 내버려두지 않아서 정말 미안하다고. 나는 잔을 치켜들고 건배를 제의했다. 잔 세 개가 허공에서 가볍고 맑은 소리를 내며 부딪쳤다.

"메리 크리스마스!"

"메리 크리스마스!"

"메리 크리스마스!"

채영신

서울 출생. 이화여대 교육학과 졸업. 『실천문학』 신인상으로 등단.

후 보 작

허 택

스마트소설

죽일 놈

놈과 친해지니까 놈의 웃음이 예쁘게 보였다. 새벽 햇살을 맞으며 놈은 웃고 있었다. 스스로 깜짝 놀랐다. 놈이 웃다니? 그리고 놈의 웃음이 예쁘게 보이다니? 오월의 새벽에 장미내음을 맡으며 놈과 함께 마실 갈 수 있다니? 벚나무 잎새 사이로 새벽 햇살이 반짝였다. 봄바람에 실린 햇살은 놈의 얼굴에 웃음을 만들었다. 처음 보는 놈의 웃음이었다. 믿을 수 없어 다시 한 번 놈을 찬찬히 봤다. 놈은 확실히 햇살 따라 망나니 같은 얼굴에 웃음을 만들고 있었다. 놈의 웃음은 예뻤다. 죽일 놈이라고, 아니 죽어야 할 놈이라고, 온몸을 부르르 떨며 이를 갈면서 놈과 얼마나 오랫동안 아귀다툼을 해 왔던가? 나도 모르게 절로 눈물이 얼굴에 아롱거렸다. 그리고 놈과 화기애애하게 지낼 수 있을 것 같았다.

나를 설레게 한 소녀가 내 앞에 나타났을 때, 놈도 불쑥 내 앞에 나타났다. 처음에는 놈이 내 앞에 나타난 것을 전혀 알지 못했다. 어느 봄날, 내가 아르바이트 하던 밤 시간대에 소녀는 편의점에 들어왔다. 초코파이랑 콘칩 등 군것질 거리를 사서는 계산대로 왔다. 전율을 느끼며 가슴이 뛰었다. 소녀는 뽀송뽀송했다. 온갖 꽃들이 머릿속을 스쳤지만 소녀만큼 예쁘지 않았다. 선뜻 말이 나오지 않았다. 그냥 멍하게 쳐다만 봤다. 그날 이후 소녀는 거의 매일 학원수업을 마치고 귀갓길에 편의점에 들렀다. 즐거운 나날이었다.

봄비 내리는 밤이었다. 그날따라 편의점을 찾는 손님이 없었다. 소녀가 비를 피해 급하게 편의점으로 들어왔다. 소녀는 들어오자마자 거울을 보며 비에 젖은 머리와 얼굴을 손수건으로 닦았다. 마치 아침이슬을 머금은 들꽃 같았다. 그때 후다닥 소녀 뒤를 따라 들어오는 놈을 처음 봤다. 힐끗 본 놈은 매우 어두침침했다. 놈은 물건을 사지 않았다. 마냥 소녀 뒤를 바싹 붙어 따라다녔다. 그날 이후 놈은 언제나 소녀를 따라 편의점에 나타났다. 음흉하게 웃으며 내 앞에 얼쩡거리기까지 했다. 놈은 소녀를 노려보면서 꿀꺼덕, 꿀꺼덕 게걸스럽게 침을 삼켰다. 마치 아귀병에 걸린 환자처럼. 놈의 행색은 처음부터 나를 얼떨떨하게 만들었다. 놈은 사람의 얼굴이 아니었다. 게걸스레 침을 흘리며 삐딱하게 웃는 입술, 뻔뻔하게 노려보는 힘껏 찢어진 눈초리. 놈은 망나니같이 나를 위협했다. 꼼짝 없이 조용히 있으라고. 그렇지 않으면 닭 모가지 비틀듯

작살내겠다고. 놈은 이미 소녀를 범하고 있었다. 놈은 얼빠진 얼굴로 떨고 있는 나를 조롱하듯 웃으며 쏘아봤다.

소녀를 매일 미행하기 시작했다. 놈은 막무가내였다. 헐떡헐떡 내뿜는 놈의 숨소리에서 이미 양심을 들을 수 없었다. 내게 다가와 게걸스레 침을 흘리며 중얼댔다.

"저 애 맛있겠지? 얼마나 오랫동안 굶었냐? 내 몸이 굶어 터지기 전에 화끈하게 한 번 해치워버려야지. 범할 장소는 이미 봐뒀지. 바로 저 건너편 재개발 아파트 공터지."

놈의 위협에 나는 꼼짝할 수 없었다. 마음속으로 애태우며 안 된다고 외치기만 할 뿐이었다.

며칠 후 놈은 완전히 준비된 행색으로 나타났다. 얼굴을 반쯤 가린 마스크를 쓰고 머리를 전부 덮을 수 있는 후드티를 입고, 그 위에 챙이 긴 스포츠 모자를 푹 눌러썼다. 도수 없는 까만 안경테도 준비했다. 면장갑을 양손에 끼고 잭나이프를 꽉 쥐었다. 아랫도리는 팬티를 입지 않은 채 조깅복을 입었다. 놈은 거울에 비친 모습을 보면서 게슴츠레 웃었다. 눈만 올빼미처럼 번뜩였다. 소녀는 놈의 정체를 전혀 알지 못한 채 언제나 습관이 된 군것질 쇼핑을 했다. 놈은 행동할 날만 기다리고 있었다. 하루하루 놈의 얼굴은 벌겋게 달아올랐다. 나는 얼빠진 채 떨면서 지켜만 봤다.

"거리가 빨리 조용해지는 월요일 밤이 좋겠어."

놈은 능청스럽게 떠벌렸다. 놈은 예행연습을 몇 번씩이나 했다. 편의점 문을 나서면 가로등불이 있는 세탁소까지는 어슬렁어슬렁 소녀 뒤를 따라가다가 오른쪽 PC방 있는 비탈길에서 바싹 소녀 등에 붙는다. 그러다가 재개발 아파트 쪽 어두운 도로로 들어서자마자 소녀의 등뒤에서 입을 손수건으로 꽉 막은 채 잭나이프를 소녀 허리에 쑥 찌른다. 그리고는 잽싸게 재개발 아파트 공터 쪽으로 끌고 간다. 언제쯤일까 조마조마 그들을 지켜보고 있는데, 어느 월요일 밤에 소녀가 계산을 하면서 나에게 초코파이와 요구르트를 쑥 내밀었다. 소녀는 나를 쳐다보며 뽀송뽀송 웃고 있었다. 소녀는 해맑은 목소리로 내게 말을 건넸다.

"저어……. 야근근무를 해서 그런지 요즘 피곤해보여요. 그래도 아저씨 덕분에 밤참을 사갈 수 있어서 좋아요. 고마워요."

갑자기 가슴에서 뜨거운 무엇인가가 솟구쳤다. 전혀 얘기치 못했던 솟구침이었다. 또한 얘기치 못했던 부끄러움이 뒤따랐다. 고개를 푹 숙이고 겨우 떨리는 손으로 소녀의 선물을 받았다. 소녀는 함박웃음을 짓고 있었다. 놈도 놀란 듯 잠시 움칫거렸다.

소녀가 편의점을 나서자 놈도 따라나서려 했다. 그때 나는 처음으로 용기를 내 떨리는 목소리로 놈을 불렀다.

"제발 소녀를 건드리지 마세요."

놈은 웬 뚱딴지 같은 말이냐고 나에게 버럭 화를 냈다. 나는 소녀를 뒤쫓아 나가려는 놈의 뒷자락을 꼭 잡았다. 온몸에 땀을 뻘뻘 흘리면서. 놈은 망나니처럼 날뛰기 시작했다. 나는 제발, 제발 애걸하면서 날뛰는 놈을 힘껏 붙들었다. 그때부터 놈과의 아귀다툼이 시작됐다.

놈을 다루기 힘들었다. 도대체 왜 이런 놈이 나타났는지 놀라울 뿐이었다. 놈은 망나니, 좀비, 두억시니, 악마, 흡혈귀 등 이 세상 온갖 악의 흉상을 다 닮은 듯했다. 처음에는 말 한 마디 하지 못한 채 놈의 꼬락서니만 지켜보면서 덜덜 떨기만 했다. 흥얼거리며 밤참쇼핑에만 빠진 소녀조차 눈 안에 들어오지 않았다.

나날이 놈은 편의점을 휘젓고 다니면서 편의점 화장실까지 범행 장소로 생각하곤 했다. 놈이 날뛰면 도저히 감당할 엄두가 나지 않았다. 소녀에게서 정이 담긴 선물을 받았을 때 나도 가슴이 뜨겁게 요동쳤지만 놈도 흠칫 놀라는 얼굴이었다. 그날 이후 놈과는 시간과 장소를 가리지 않고 아귀다툼을 했다. 진열대가 쓰러지고, 유리창이 깨지며, 온갖 물건들이 흩어지면서 편의점은 처절한 난투장이 됐다. 놈에게 난장 맞는 것도 나날이 심해졌다. 놈과 아귀다툼을 하고 나면 나는 기와 얼이다 빠져나가서 거의 혼수상태가 돼버렸다. 소녀는 걱정스러운 웃음을 띠며 어김없이 나에게 초코파이와 요구르트를 건네주곤 했다.

너무 지쳐서 놈과의 아귀다툼을 포기하고 싶을 때도 있었다. 그럴 때마다 초코파이와 요구르트를 건네주던 소녀의 손길이 또렷하게 떠올랐다. 소녀의 정이 담긴 선물을 새벽마다 가슴에 되새기며 활력을 부추겼다. 주문 외우듯 지켜야 한다고 기도했다. 소녀의 초코파이와 요구르트는 내 가슴을 따뜻하게 했다. 가슴이 따뜻해지면서 놈과 싸워야하는 의무감이 생겼다. 간혹 놈이 술 한 잔 하는 날이면 온갖 지랄을 떠는 바람에 소녀를 도저히 지킬 수 없을 것 같았다. 할 수 없이 놈의 멱살을 힘껏 잡고 놈을 노래방에 끌고 가서 노래방 도우미와 놀게 했다. 그러면 놈은 겨우 잠잠해졌다. 놈이 잠잠해지자 넌지시 말을 걸어봤다.

"왜 지랄 떨며 소녀를 범하려고 하는 거냐?"

"저 소녀는 얼마나 맛있는 먹잇감이냐? 노래방 늙은 도우미와는 비교도 할 수 없지. 내 몸을 봐라. 쉴 새 없이 온몸을 돌고 있는 뜨거운 핏물들을."

놈은 후드티와 조깅바지를 벗었다. 놈의 벌거벗은 몸뚱이는 온통 핏줄들이 울퉁불퉁 튀어나와 있었다. 스물일곱 살의 젊은 피가 쉴 새 없이 온몸을 뜨겁게 달구고 있었다. 마치 폭발 직전의 활화산 같았다. 어디서 많이 본 듯한, 기억에 가물거리는 놈의 몸뚱이였다.

놈과의 아귀다툼이 거의 한 달이 돼갔다. 놈은 여전히 망나니처럼 날뛰었다. 나는 나날이 파리하고 수척해졌다. 놈과의 다툼이 쉽게 끝날 것 같지 않았다. 집에 돌아와서도 멍하게 있는 경우가 많았고, 허둥지둥 하는 일들로 인해 엉망진창이 됐다. 넌지시 외할아버지가 걱정스레 나를 봤다. 안쓰러웠는지 어느 날 외할아버지가 진중하게 물었다.

"요즘 무슨 일 있는 거냐? 너 요즘 매우 파리하고 힘들어 보인다."

외할아버지 눈을 피할 수 없었다. 그리고 하소연 하고도 싶었다. 외할아버지는 가만히 나를 껴안았다.

"너무 힘들겠구나. 그래서 네가 그렇게 파리했구나. 이 세상 남자라면 반드시 겪어야 할 놈과의 다툼이다. 어느 누구도 놈을 피할 수 없지. 네가 만난 놈은 굉장히 나쁜 놈이구나. 너를 많이 괴롭혔겠네. 놈과 격렬하게 다툴수록 너는 매우 힘들겠지만, 진짜 남자로 거듭나게 되는 거야. 놈과 다퉈 살아가는 것이 바로 남자의 존재 의미고 생존의 가치인 거지. 놈을 잘 다뤄야지 남자 구실을 제대로 할 수 있는 거야. 놈의 뜨거운 몸뚱이를 보지 않았냐? 놈을 죽이고 싶지만 죽일 수 없을 거야. 게다가 놈은 죽지도 않아. 죽일 놈으로만 여겨야 하고, 놈을 살살 달래서 놈의 기를 꺾어야 해. 그래야 네가 멋진 사내가 될 수 있는 거야."

놈은 소녀를 위해 죽일 놈이었다. 하지만 외할아버지 말대로 죽지도 않고 죽일 수도 없다는 것을 알았다. 그때부터 그저 놈을 살살 달래고 세세하게 보살폈다. 놈은 아주 조금씩 지랄 같은 성격을 누그러뜨렸다. 그리고 나와 차츰차츰 아주 조금의 말을 나눴다.

장미의 계절에 접어든 비오는 월요일 밤, 후번 알바생과 교대시간이 돼 가는데도 소녀는 오지 않았다. 웬일일까 걱정하는데 놈도 의아한지 고개를 갸우뚱거렸다. 후번 알바생이 편의점 문을 열고 들어오는데, 그 뒤로 소녀가 비를 맞은 채 힘없이 비실거리며 따라 들어왔다. 감기인 듯 콜록콜록 기침을 했다. 소녀는 겨우 군것질 쇼핑을 마치고 우산도 없이 밖을 나섰다. 마침 퇴근길이라 우산을 받쳐 들고 소녀 집까지 바래다주겠다고 함께 나섰다. 소녀는 힘없이 고맙다는 눈인사만 했다. 놈의 눈이 번뜩이며 우리 곁에 들러붙었다. 나는 두려웠다. 우산 안에서 소녀를 꼭 잡았다. 놈이 망나니처럼 나를 밀치기 시작했다.

"안 돼! 이놈아. 너에게도 소녀만 한 여동생이 있잖아! 얼마나 나약하고 가련해 보이냐? 네가 저지르는 행동은 소녀에게 큰 상처를 주는 범죄야. 제발 소녀를 불쌍하게 여겨라."

소녀는 우산 안에서 나를 꼭 붙잡고 있었다. 소녀의 선물이 가슴을 뜨겁게 한 기억이 되살아났다. 놈도 머뭇거리며 내 눈치를 힐끗힐끗 봤다. 그동안 함께 놈과 다투면서 친해졌구나 싶은 생각이 들었다.

놈과 함께 소녀를 무사히 집까지 데려다줬다. 휴우 긴 한숨을 쉬며 놈에게 처음으로 웃어보였다. 고맙다며 놈을 껴안고 함께 잘 지내자고 다정하게 속삭였다. 놈은 시무룩하게 고개를 떨군 채 빗속으로 사라졌다.

놈과 친해졌다. 우리는 이란성 쌍둥이가 된 듯하다. 놈은 이제 자주 웃는다. 그것도 예쁘게 웃는다. 거울 속에서 닮은 꼴이 돼가는 우리를 보게 된다. 하지만 놈이 언제 또 망나니처럼 날뛸지 모른다. 놈을 가장 행복하게 만들어 줄 여자를 만날 때까지 내가 곁에서 살살 달래면서 보살피고 지켜줘야겠다. 그래야 나도 행복해지니까. 놈과 나는 함께 아침 햇살 맞으며 함박웃음을 짓는다.

허택

2008년 『문학사상』에 단편소설 「리브 앤 다이」로 당선 등단. 창작집 『리브 앤 다이』 출간. 현재 부산에서 치과의원 운영(치과의사).

2014 수상 작품집 구멍

초판1쇄 인쇄 2013년 12월 20일
초판1쇄 발행 2014년 1월 3일

지은이 양진채 외
편집인 황충상
펴낸이 윤영수
펴낸곳 문학나무

출판등록 1991년 1월 5일 (제300-1991-1호)
주 소 120-800 서울시 서대문구 남가좌동 5-5 지하 1층(영업부)
전 화 02-302-1250 **팩스** 02-302-1251
주 소 110-809 서울시 종로구 동숭4나길 28-1 예일하우스 301호(편집부)
전 화 02-3676-4588 **팩스** 02-3676-4577
이메일 mhnmoo@hanmail.net

ISBN 979-11-5629-000-1 03810